D1724985

DÖRLEMANN

Jolanda Piniel

Die Verbannte

Roman

DÖRLEMANN

Die Autorin dankt der Fachstelle Kultur des
Kantons Zürich für den Werkbeitrag und der
Landis & Gyr Stiftung für das Stipendium in Bukarest.

Die Abteilung Kultur der Stadt Zürich
und die Stadt Winterthur unterstützten die Publikation
dieses Romans mit einem Beitrag.
Der Verlag dankt.

Umschlaggestaltung: Mike Bierwolf
Gesetzt aus der Veljovic
Satz: Dörlemann Satz, Lemförde
Druck und Bindung: CPI – Clausen & Bosse, Leck
ISBN 978-3-908777-79-3
www.doerlemann.com

I

Stillstand

Aufgebrochen bin ich an einem schwülen Sommertag. Es war Ende Juni, die Luft über dem Asphalt flirrte und im Hauptbahnhof dröhnte ein Stimmengewirr, das mit seinem Echo die Eingangshalle vollständig ausfüllte. Ich lief durch diesen Lärm, drängte mich an Körpern vorbei, rempelte jemanden an, wich jemandem aus. Eine Ballung von Leuten mit Koffern und Taschen versperrte mir den Zugang zu den Geleisen. Ich lief zurück in Richtung Ticketschalter und von dort aus zur Bahnhofsuhr. Vor den blauen Tafeln, die über den Perrons hingen, blieb ich stehen. Sie waren leer! Abfahrtszeiten und Zielbahnhöfe waren verschwunden, als hätte jemand die Zeichen gestohlen oder weggeschrubbt. Und die Schienen glänzten in der Abendsonne wie von den Zügen zurückgelassene silbrige Spuren.

»Keine Spannung mehr«, erklärte ein Bahnangestellter. Er sprach von einem noch nie da gewesenen Störfall: Das Stromnetz der Eisenbahn sei landesweit zusammengebrochen. »Unsere Techniker«, setzte er hinzu, »arbeiten auf Hochtouren. Wir können im Moment nur warten und hoffen, dass sich das Ganze bald normalisiert.«

In der Nähe der Prellböcke setzte ich mich auf meinen Rucksack und überlegte, ob dieser Stromausfall, der mich am Wegkommen hinderte, selber ein Zeichen sei.

Ob ich nicht besser meinen Entschluss rückgängig machen und hier bleiben sollte. Noch hatte ich Gelegenheit dazu, und meine Mutter wäre erleichtert. »Was versprichst du dir von dieser Reise?«, hatte sie mich bei meinem letzten Besuch gefragt, als ich ihr erzählt hatte, dass ich nach Rumänien fahren würde. Anstatt zu antworten, war ich mit dem Finger die Rille in der Tischplatte entlanggestrichen, ein ausziehbarer Esstisch aus Eichenholz, der ein großer Familientisch hätte sein können. Ein Familientisch, wie sie ihn sich immer gewünscht hatte. Nach der Trennung von ihrem Mann hatte sie den Tisch zu sich genommen. Ohne die beiden Einlageplatten war er auf seine kleinste Form, einen Kreis, zusammengeschrumpft. Meine Mutter hatte sich erhoben, den Tisch umrundet und war neben mir stehen geblieben. Ihre gelblichen, von roten Tupfern übersäten Wangen begannen zu zittern, stärker als sonst. Der Kopf schüttelte sich ganz von alleine. In den Brillengläsern schlotterte das Licht der Reispapierlampe, und durch das geschliffene Glas hindurch wirkten ihre Augen groß und verzerrt. Als könne sie sich nicht entscheiden, changierte die Iris in den Farben Blau, Grün und Grau und hob sich vom orangefarbenen Ring ab, der das Schwarz der Pupille wie eine Fassung umschloss. Ich hätte ihr gerne gesagt, wie sehr ich ihre vielfarbigen Augen liebte. Augen, die mir das Fürchten beigebracht hatten. »So warte doch noch ein paar Jahre«, bat Mutter, als ich schwieg. »Es ist noch immer sehr schlimm dort.« Ihre Hand klammerte sich wie ein verängstigtes Tier an meine Schulter. Die Vibration lähmte mich. »Ich ruf dich an, sobald ich in Bukarest angekommen bin«, versprach ich. Das Körperbeben hatte auch Mutters dunkelblonde, etwas zerzauste Haare erfasst, die knapp über die Ohren reichten. Anstatt weiß zu werden, wiesen sie einen immer deutlicheren Stich ins Grünliche auf, wie Grünspan auf Kupfer.

Gegen elf Uhr nachts fuhr der Zug ein. Den Fahrschein mit meiner Platzreservation in der Hand öffnete ich die Schiebetür zu meinem Abteil. Ein Sechserabteil für mich allein, dachte ich, als ich den Rucksack auf die Sitzfläche stellte und mich neben ihn setzte. In Gedanken ging ich nochmals den Inhalt durch: Kleider für den Sommer, Kleider für den Herbst, einen Pullover und eine wattierte Regenjacke für kältere Tage. Ich wusste nicht, wie lange ich unterwegs sein würde. Meine Füße steckten in Turnschuhen, die Sandalen hatte ich eingepackt, dazu die wichtigsten Medikamente, Toilettenartikel, einen Reiseführer für Rumänien, einen Stadtplan von Bukarest. Den Ordner mit den Memoiren meines Großvaters hatte ich zuunterst im Schlafsackfach verstaut.

Die Abfahrt könne sich um eine weitere Stunde verzögern, sagte der Schaffner, ein Riese von einem Mann, der gegen Mitternacht durch die Waggons ging, die Tickets kontrollierte und die Pässe einsammelte. Ich richtete eines der mittleren Couchettebetten durch Umklappen der Sitzbänke her. Das Leintuch, mit dem ich die dünne Matratze bedeckte, war löchrig und verfleckt. Hatte jemand nach einer schlecht durchschlafenen Nacht den Frühstückskaffee verschüttet? Oder handelte es sich um eingetrocknetes Blut? Ich entkleidete mich bis auf den Slip, schlüpfte in ein frisches T-Shirt und legte mich auf die Pritsche aus Hartplastik. Eine Straßenlaterne strahlte direkt ins Abteil. Ich suchte nach dem goldgelb gemusterten Seidentuch, das mir meine Mutter mitgegeben hatte, drehte mich von der Rücken- in die Seitenlage und bedeckte Stirn und Augenpartie mit dem Foulard.

Überrascht vom Duft, der ihm entströmte, zog ich das feine Gewebe tiefer ins Gesicht. Das war der Duft, der in Großmutters Kleiderkästen und Schubladen gelegen hatte, eingepackt in glänzendes, mit Verzierungen und einer verschnörkelten Schrift bedrucktes helles Papier. An Regentagen hatte Großmutter manchmal eine Kastentür geöffnet und mir eine ihrer Lavendelseifen gereicht.

»Zum Riechen. Aber nicht zu lange, sonst wird dir schwindlig.«

Und in mir breitete sich Großmutters Zweizimmerwohnung aus, in der alles seinen Platz gehabt hatte und gleichzeitig auf etwas anderes verwies. Etwas, worüber nicht geredet wurde. Im hinteren, hellgelb gestrichenen Zimmer stand das Bett, das ich benützte, wenn ich bei ihr in den Ferien war. Vor dem Einschlafen drehte ich mich jeweils auf die linke Seite (so wie jetzt), um den rumänischen Teppich zu betrachten, der an der Wand hing: In seiner Mitte leuchtete vor einem tiefblauen Hintergrund ein gelber Hahn. Er hatte prächtige Schwanzfedern, einen roten Kamm und rote Kehllappen und beobachtete mich, quasi beiläufig, mit dem mir zugewandten linken Auge. Überall waren Blumen eingewoben, Rosen, Tulpen, Nelken. Außenherum waren sie aneinandergereiht. Dem Hahn schwirrten sie um den Kopf.

Asche

Irgendwann musste der Zug losgefahren sein. Ich bemerkte es erst, als ich erwachte. Draußen war es dunkel, und ich fiel, gewiegt und gehalten vom gleichmäßigen Rattern, in einen an- und abschwellenden Halbschlaf, glitt von einem Traumfragment ins nächste, und landete ich zwischendurch im Zugsabteil, dauerte es jedes Mal eine Weile, bis ich begriffen hatte, wo ich war.

Aus den Wänden des Waggons drang ein Ächzen und Stöhnen, es quietschte, was mich an das Quietschen des Gatters am Eingang zur Schrebergartenkolonie erinnerte. Und während der Zug durch die Nacht fuhr, folgte ich in Gedanken dem Weg, der zu den Gärten führte. Haselsträucher und Forsythien streckten ihre kahlen Zweige durch die Rhomben eines Maschendrahtzaunes, der an manchen Stellen im dunklen Grün der Thuja- und Buchsbäume verschwand. Der Weg selber bestand aus rötlichen Steinen, die, in Zement eingegossen, eine künstliche Nagelfluh bildeten. Ich kannte jeden Stein. Als Kind war ich im Sommer diese Strecke barfuß gerannt und hatte mir zum Auftreten die großen flachen Steine ausgesucht. Um den kleineren, kantigeren auszuweichen, musste ich manchmal springen.

Der fünfte Garten rechts gehörte meiner Mutter. Von den Zimtrosen, die sich sommers am Spalierbogen emporrankten, waren bloß ein paar braun verfärbte Hagebutten übrig geblieben. Ich ging an schwarz gesprenkelten Schneeresten vorbei auf eine hohe Scheinzypresse zu, deren Spitze in den Winterhimmel zeigte. Hinter dem Baum saß meine Mutter in einen Wollmantel gehüllt und rauchte. Wie es mir gehe, fragte sie, als sie mich sah. Nachdem sie die Zigarette zu Ende geraucht hatte, stand sie mühsam auf und hinkte ins Schrebergartenhäuschen hinein. Kurz danach kam sie wieder zum Vorschein, im Arm die Urne ihrer Mutter.

»Ist doch kaum zu glauben, dass sie darin Platz hat«, sagte sie. »Aber schwer ist sie, schwerer, als man denkt. Willst du sie auch mal halten?«

Das Tongefäß zitterte in Mutters Händen, als sie es – auf meine Verneinung hin – auf den Gartentisch stellte. In eine metallene Plakette war Großmutters Name eingraviert: *Klara Geck.* Darunter standen ihre Lebensdaten: *1911–2000.*

Es war Großmutters Wunsch gewesen, im Schrebergarten ihrer Tochter bestattet zu werden, und zwar ohne Aufhebens: keine Zeremonie, keine Worte, kein Gesang. Auf gar keinen Fall sollte der Ort, wo ihre Überreste lagen, markiert werden. Und so stachen wir an diesem frühen Nachmittag einen Rasenziegel aus. Dann gruben wir mit Spaten und Schaufel in die harte Erde ein Loch. Mutter entfernte den Deckel der Urne, den Inhalt schütteten wir wortlos ins Erdloch. Ich hielt den Atem an, als Großmutters Asche mit einem Geräusch, das an Mehl erinnerte, das man in eine Schüssel gibt, um ein

Brot zu backen, ins Grab fiel und dort liegen blieb. Ich fürchtete mich vor dem Geruch und davor, dass es gröbere Bestandteile geben könnte, Knochenstücke, Zahnsplitter, eine Plombe. Großmutter hatte keine Möglichkeit mehr, Indizien, die auf ihren gewesenen Körper hinwiesen, zu verbergen. Um nicht so gut zu sehen, senkte ich die Augenlider. Ein wenig Asche wirbelte durch die Luft.

Rätsel

Großmutters Schweigen blieb bei uns. Ich wusste nichts zu antworten, wenn ich nach Mutters Geschichte gefragt wurde, ich wusste nicht einmal, was Doina, ihr rumänischer Name, bedeutete. Mutter hatte solche Fragen stets mit einer Handbewegung abgewehrt: Sie sei eher zufällig in Bukarest zur Welt gekommen.

»Nein«, hörte ich mich sagen, »ich bin nicht Rumänin. Meine Mutter ist eher zufällig in Bukarest zur Welt gekommen.« Wie ich das meine, fragte der junge Mann, der am Morgen in Wien zugestiegen war und sich mit dem Namen Ovidiu vorgestellt hatte – wie der Dichter, dieser arme Teufel, der wegen ein paar Liebesgedichten vom Kaiser an die Schwarzmeerküste verbannt worden sei. Ich stellte den Styroporbecher mit dem Filterkaffee, den er mir aus dem Speisewagen mitgebracht hatte, auf das Klapptischchen beim Fenster. Mein Großvater habe arbeitsmäßig in Rumänien zu tun gehabt, erklärte ich, meine Mutter sei nicht lange in Bukarest gewesen. Bloß ein paar Jahre. Als kleines Mädchen habe man sie zu Verwandten in die Schweiz geschickt. Allein, ohne ihre Eltern. Ich lachte. Eine komplizierte Geschichte sei das. Und als hätte sich Mutter meines Körpers bemächtigt, machte ich jene abwinkende Handbewegung nach unten, die sie in solchen Momenten auszuführen pflegte und die an das Verscheuchen einer Fliege erinnerte.

In welchem Jahr meine Mutter in die Schweiz geschickt worden sei, insistierte Ovidiu. »Während des Krieges«, antwortete ich. Wann genau das gewesen sei, könne ich leider nicht sagen. »Sie weiß es nicht«, fügte ich hinzu und hatte das Gefühl, Mutter zu verraten. »Ich habe meinen Großvater nie kennengelernt«, ich schluckte leer, »und meine Großmutter hatte sich zeitlebens geweigert, über die Jahre, die sie in Rumänien verbracht hatte, zu reden.« Ich wandte den Blick ab. Hinter dem Fenster flog die Landschaft vorbei, Wiesen, Büsche, vereinzelt Bäume. Vor dieser flüchtigen Kulisse versuchte ich, meine Gedanken zu ordnen, überhaupt einen Gedanken zu fassen, doch die einzige Konstante, die ich erkennen konnte, war die permanente Veränderung meiner Perspektive. Ovidiu schlug eine Zeitung auf. Und ich geriet in Gedanken erneut in Großmutters Dachwohnung: Eine kleine Zweizimmerwohnung mit leichter Dachschräge im hinteren, gelb gestrichenen Zimmer, wo der rumänische Blumenteppich mit dem Hahn gehangen hatte. Die Wohnung war schon da gewesen, als ich zur Welt kam, sie gehörte zu Großmutter wie ihr Körper, ihre Haare, ihr Geruch. Und während wir umzogen, von einer kleinen in eine größere Mietwohnung und schließlich in ein Haus, änderte sie die Adresse nie.

In unmittelbarer Nähe schoss der Hauptsitz der Firma Hofer AG in den Himmel. Das Bürogebäude überragte alle Dächer, selbst die Kirchtürme, und war von nahezu überall zu sehen. In den Gießereien dieser Firma waren einst Heizkessel und Motoren für Hochseeschiffe hergestellt worden. Als Kind dachte ich allerdings, der Wolkenkratzer aus senkrechten Rippen, waagrechten Verstrebungen und hunderten identischer Glasscheiben sei eine Art Markierung von Großmutters Wohnung, damit wir, die wir auf der anderen Seite der Stadt wohnten, sie nicht aus dem Blickfeld verlören. Oft war ich abends am Fenster gestanden und hatte dabei zugeschaut, wie die Konturen des Hochhauses vor dem dunkler werdenden Himmel schwächer wurden – bis der Gigant ein Auge nach dem anderen anzündete und sich in einen vieläugigen Wächter verwandelte, der pupillenlos in die Nacht starrte.

Auf dem Weg zu Großmutters Wohnung, die ich nach ihrem Tod ein letztes Mal aufsuchte, blieb ich vor diesem Hochhaus stehen und sah hinauf. Wie wäre es, wenn weitere Etagen hinzugefügt würden? Wenn weiter gebaut würde, bis zu den Wolken? Und immer weiter, bis das Ende von hier aus nicht mehr sichtbar wäre? Ein Scheppern drang aus den untersten Etagen, schief hängende Jalousien rasselten im Wind. Einige Scheiben waren eingeschlagen. Graffitis erinnerten an die Wüstenkinder, eine autonome Jugendgruppe, die das Hofer-Hochhaus während kurzer Zeit besetzt hatte. Jetzt stand es leer und verlotterte.

Der Weg führte einen Bach entlang. Bei den Tennisplätzen bog ich links ab, um über eine Fußgängerbrücke auf die andere Seite des Baches zu wechseln. Ich ging an Garagentoren vorbei und stieg die Steintreppe zur Eingangstür hoch, deren Milchglasscheiben aussahen wie Eisquader. Auf dem Klingelschild las ich Großmutters Namen. Ich tastete nach den Schlüsseln, die ich mir bei Mutter ausgeliehen hatte, las erneut Großmutters Namen – und drückte dreimal auf den Knopf. Das war unser Zeichen gewesen. Ich wartete. Doch anstelle des Summtons, mit dem mich sonst der elektrische Türöffner begrüßt und eingelassen hatte, wurde die Stille jäh vom Gezeter einer Amsel zerrissen, das wie böses Lachen klang. Erschrocken steckte ich den Schlüssel ins Schloss, und zum ersten Mal in meinem Leben sperrte ich diese Tür auf.

Früher, wenn wir vom Einkaufen kamen, war ich jeweils an Großmutter vorbei die Treppe hinaufgerannt und hatte mich auf die oberste Stufe gesetzt, um zwischen den gedrechselten Streben des Geländers hindurch nach ihren hellgrauen Haare zu spähen, der Jacke, der Schulter, bis Großmutter schließlich am Fuß des zweiten Treppenbogens vollständig in Erscheinung trat. Sie hielt kurz inne und schaute zu mir hoch. Mit der freien Hand fasste sie das Geländer und kam Stufe um Stufe näher, bis sie die Wohnungstür erreicht hatte. Kaum waren wir eingetreten, verriegelte sie die Tür wieder von innen. Dann stellte sie die Tasche mit den Einkäufen auf den Boden, ging ein wenig in die Knie, streckte die Arme wie Flügel nach hinten und sog viel Luft in sich hinein. Ihr Brustkorb blähte sich. Den Kopf in den Nacken werfend, stieß sie, in zwei sich abwechselnden Tonlagen, mit der höheren beginnend, einen Schrei in den fensterlosen Flur. Die letzte Silbe zog sie in die Länge, bis alle Luft draußen war: »Vövövövövövövövövövöööööööööö!«

Vövö tschilpte zur Antwort, und während Großmutter ihre Windjacke an die Garderobe hängte, trippelte der Wellensittich auf seinem Stängelchen ein paar Schritte nach links, um mit dem rechten Bein den einen Flügel weit abzuspreizen. Großmutter trat vor den Käfig und blickte lächelnd auf Vövö hinunter, der nun sein blaues Federkleid plusterte, sich schüttelte und wisperte, als flüsterte er ihr etwas zu.

Ich liebte den kleinen Gefiederten. Ich liebte seine violetten Tupfer auf den weißen Backenbartfedern, den sandgelben Schnabel mit den beiden Atmungslöchern, seine gerundete Stirn, das Zebramuster am Hinterkopf und den himmelblau schillernden Bauch. Seine Füßchen waren aus rosarot geschupptem Fleisch, und gähnte er, bekam ich seine kugelförmige Zunge zu sehen. Ich wollte Vövö zähmen. Hantierte Großmutter in der Küche, so kniete ich vor ihrem Bett, auf dem tagsüber der Käfig stand, auf den Boden und erzählte Vövö eine Geschichte. Der Vogel hörte mir mit schräg gestelltem Kopf aufmerksam zu und tschilpte zwischendurch laut und fröhlich in meine Geschichten hinein. Ich fuhr im selben Tonfall fort, doch der Anblick meiner Kinderfinger, die sich langsam durch das geöffnete Gittertürchen hindurch in den Käfig hineinschoben, versetzte das Vögelchen in Panik. Es flatterte wie wild im Käfig umher und prallte so heftig gegen die Stäbe, dass Großmutter aus der Küche herbeigeeilt kam. Atemlos hob und senkte sich der blaue Brustkorb des Sittichs, genauso wie jener meiner Großmutter, die mit einer ungewohnt hohen Stimme befahl, ich solle es gefälligst unterlassen, ihren Vövö dressieren zu wollen. Das funktioniere nicht. Dazu sei Vövös Gehirn zu klein.

Bei meinem letzten Rundgang durch Großmutters Wohnung standen die Türen der Wandschränke sperrangelweit offen, die Schubladen waren aus den Kommoden herausgezogen und teilweise entleert. Was sie enthalten hatten, lag auf dem Boden, hockte auf den Stühlen, machte sich auf Großmutters Bett breit – dort, wo Vövös Käfig gewesen war: weiße und beige Unterwäsche, Stützstrümpfe, fleischfarbene Büstenhalter, die an wirbellose Meerestiere erinnerten, Nachthemden aus Leinen und weiße Betttücher, dutzende Seidenfoulards, Röcke in verschiedenen Grau- und Brauntönen, hellgelbe Blusen. Und aus all diesen Kleidern strömte der Geruch der Lavendelseifen, als wäre die Wohnung ein einziger großer Schrank.

Im Flur standen Tragtaschen bereit, alle bis oben hin mit englischen Kriminalromanen gefüllt, daneben stapelten sich zu Bündeln geschnürte Hefte *Das Tier*. Ich eilte ins hintere gelb gestrichene Zimmer, doch auch dieses war bereits aus den Fugen geraten. Auf dem

Servierboy, auf dem im Frühjahr immer Topfprimeln geblüht hatten, zählte ich acht Sonnenbrillen, und in einer Ecke türmten sich ineinander verkeilte Kleiderbügel aus Holz.

Ich zerrte meinen Fotoapparat hervor, froh um das klackende Geräusch des Auslösers. Wie von Sinnen knipste ich diese verwirrten, heimatlos gewordenen Gegenstände, als fürchtete ich, meine Erinnerungen könnten zusammen mit Großmutters Habseligkeiten für immer verschwinden.

Da bemerkte ich den Hahn. Vom Wandteppich aus beobachtete er mein Treiben. Sein Kamm war eine Krone, deren Zacken sich ins Himmelsblau schnitten. Mit hocherhobenem Kopf stand er da, ein Meister der Beherrschung, so wie früher, wenn Großmutter am Abend das Zimmer verlassen hatte und wir uns im Halbdunkeln belauerten. Nie musste er mit seinem linken, mir zugewandten Auge blinzeln. Er hypnotisierte mich. Ich gähnte. Sobald ich eingeschlafen wäre, würde er den Hals strecken, die Brust spannen und zwei-, dreimal mit den Flügeln schlagen. Flaumfedern würden durch die Luft wirbeln. Meine Lider wurden schwer, die Augäpfel begannen zu kreisen. Unverändert behielt mich der Hahn im Blick. Blumengirlanden säumten den Himmel, aneinandergereihte Rosen, Tulpen, Nelken. Vielleicht morgen, dachte ich und schlummerte ein in der Hoffnung, es möge mir endlich einmal gelingen, den Hahn zu täuschen, um mitzuerleben, wie er sich aus der Starre löste, den Kopf schüttelte, Kikeriki krähte und mit bedächtigen Schritten aus dem Teppich herausstolzierte.

In der Küche fotografierte ich vier handgroße Buchstaben aus rostroter Folie, die an der Wand über dem Kochherd klebten. Als Erstklässlerin hatte ich sie zum ersten Mal entziffert: »LOVE.« Fragend hatte ich an Großmutter hinaufgeschaut. »Laaf«, hatte sie geantwortet. »Man sagt Laaf.« »Weshalb sagt man Laaf, wenn Love geschrieben steht?« Großmutter erklärte, das Wort sei englisch, Laaf bedeute Liebe, doch bei mir blieb eine Verunsicherung zurück, in die sich auch Ärger mischte. Was fiel diesem Wort ein, so mir nichts, dir nichts aus der Reihe zu tanzen? »Ha!«, rief das O. Es hatte ein Gesicht – zwei Augen und einen sichelförmigen Mund, die aus derselben Folie ausgeschnitten und im Inneren des Buchstabens arrangiert worden waren – und lachte, als hätte es zusammen mit seinen drei Freunden der Lehrerin einen Streich gespielt.

Vom Türrahmen des Badezimmers aus knipste ich drei aufblasbare Kleiderbügel, die, hellblau und pink, an einer Schnur über der Wanne hingen und den kleinen Boiler verdeckten. Dort schlief der Drache. Wollte ich baden, riss Großmutter ein Streichholz an und hielt ihm die Flamme in den Gaumen. Gleichzeitig drückte sie mehrmals auf einen schwarzen Knopf, der sich unmittelbar neben seinem Rachen befand. Dies würgte den

Drachen, er hustete im Schlaf. Immer energischer hämmerte Großmutter auf den schwarzen Knopf ein, bis ein leises Donnern wie von einem weit entfernten Gewitter zu hören war. Der Drache spie ein paar blaue Flammen. In seinem Maul begann ein Feuerchen zu lodern, und bald darauf füllte sich die Wanne mit warmem Wasser.

Auf dem Spiegelbrett fand ich Großmutters Haarbürste, in der sich ein paar hellgraue Haare verfangen hatten. Daneben lag die Tube mit der Lotion. Der Duft nach reifen Äpfeln brachte mir Großmutters Körper zurück: eine Landschaft mit Flussläufen, die sich verzweigten und wieder zusammenfanden, Kiesablagerungen, Dellen, Hügeln und Schilf. An ihrem Nabel, dem ich entgegenwuchs, maßen wir nach dem Frühstück meine Größe, bevor sich Großmutter bückte. Sie begann stets bei den Füßen, von wo aus sie sich die Waden und Oberschenkel zum Bauch hinaufarbeitete. Um auch die Hautfalte einzucremen, hob sie die Brüste an. Den Rest der Lotion verteilte sie auf den Armen. Dann griff sie nach der Puderdose, entfernte mit einer Vierteldrehung den Deckel, und ein Nebel stob auf, der nach Zuckerguss-Mandeln roch und im Morgenlicht milchig wirkte. An manchen Stellen blieb der Puder als weiße Schicht liegen. »Solange man den Bauch einziehen kann, ist man nicht dick!«, rief Großmutter, und lachend zogen wir unsere Bäuche ein. Und während sie noch immer mit den Klammern beschäftigt war, mit denen sie ihre

Strümpfe an den riesigen Unterhosen festzwackte, war ich längst in Hose und T-Shirt geschlüpft.

Ich fotografierte blaue und grüne Vasen, die auf dem Stubentisch standen. Auch eine transparente Karaffe stand dabei, in der das Sonnenlicht grell aufschäumte. Vor ein paar Monaten hatten hier lose Zettelchen gelegen, vollgekritzelt mit qualvoll verbogenen Linien, die jäh abbrachen. Großmutters Augen waren gerötet. »Ich kann nicht mehr schreiben«, sagte sie, und ihre Stimme bebte wie der Kugelschreiber in ihrer Hand, als sie einen weiteren Versuch unternahm, ihn zu führen. Sie setzte einen Punkt, die Hand verharrte und begann zu zittern, wie wenn sie von einer unsichtbaren Schranke daran gehindert würde, weiterzufahren. Mit einem Ruck durchbrach sie diese Blockade, die sich jedoch sogleich wieder aufbaute, was in kurzen Abständen zu einem zweiten und zu einem dritten Punkt führte ... bis die Hand ausscherte und der Stift eine fahrige Spur hinterließ. Großmutter sah zu mir auf. Sie weinte. »Es geht nicht mehr. Ich kann meinen Namen nicht mehr schreiben.«

Ich holte ihr ein Glas Wasser aus der Küche. Sie trank einen Schluck und noch einen. Dann atmete sie aus. »Ich habe es schön gehabt«, sagte sie und blinzelte in die Herbstsonne, die durchs Fenster hereinschien. »Ich war im Ausland gewesen. In England.« Ihr Blick schweifte ins Unbestimmte. »Und in Rumänien.« Und in einer weiten Ferne angelangt, verkleinerten sich ihre

Augen. Die Gesichtszüge verspannten sich. »Ich wäre so gerne Schauspielerin geworden«, sagte sie leise und begann wieder zu weinen. »Das wäre mein Traum gewesen. Auf der Bühne ...«

»Erzähl mir von Rumänien«, bat ich. Großmutter schwieg. Ich legte meine Hand auf ihr Knie und zuckte, als wäre ich ihr zu nahe gekommen, gleich wieder zurück. »Wie habt ihr dort gelebt?« »In Bukarest«, antwortete Großmutter. Sie betonte jedes Wort. »Bukarest war eine schöne Stadt. Eine großartige Stadt, mit breiten Straßen und vielen Parks. Und mit einem Triumphbogen.« Sie lächelte versonnen – wie wenn sie etwas sähe, an einem anderen Ort, in einer anderen Zeit, von Gerüchen und dem Atem von Menschen umgeben, von denen ich nichts wusste und die doch in diesem Moment auf ihrem Gesicht wahrnehmbar, wenn auch nicht fassbar waren. Ich betrachtete Großmutters rätselhaften Ausdruck. Ihr von Flecken und geplatzten Äderchen gezeichnetes Gesicht war eine Landkarte, die ich nicht lesen konnte. »Das ist jetzt vorbei!«, sagte sie nach einer Pause und in einem Tonfall, dem ein stählerner Klang anhaftete. Und mit einer ihr eigenen Entschlossenheit trank sie das Glas leer.

Anfang

Mit einem Ruck wurde die Tür gezogen. Der Lärm des fahrenden Zuges schwappte ins Abteil herein, und ich fand mich in einer Gegenwart wieder, die vorbeipreschte. Hügelzüge verschoben sich, ein Fluss tauchte auf und verschwand, Kühe standen auf einer Weide, die von Ackerland weggeschoben wurde, ein Dorf flitzte vorüber »Alles in Ordnung?«, fragte der Schaffner, als er mir meinen Pass aushändigte und die nächste Station ankündete: Györ. Ovidiu faltete seine Zeitung zusammen und wünschte gute Weiterfahrt.

Ich öffnete den Reißverschluss des Schlafsackfachs und entnahm ihm den Ordner mit Großvaters Memoiren. *Préface* stand auf der ersten Seite. Großvater hatte das Wort mithilfe eines Lineals unterstrichen und in die obere rechte Ecke das Datum gesetzt. Es war der 1. Februar 1973. Daneben war eine Eins eingekreist. Präzise passten sich die Buchstaben in die fünf Millimeter hohen und fünf Millimeter breiten Quadrate ein, die ein dunkles Gitter auf das Blatt legten, und ich stellte mir vor, wie der Kugelschreiber leise auf dem Papier schabte, als die nach vorn geneigten Schlaufen zu Wörtern zusammenwuchsen. *Il y a des milliards d'hommes sur notre petite planète* … Nach jedem Wort setzte der Stift ab, hüpfte über einen unsichtbaren Graben, begann einen neuen Buchstaben zu schreiben, fügte einen zweiten und einen dritten hinzu und sprang wieder über einen Graben, dessen Tiefe die Zweidimensionalität des Blattes nicht preisgab. *La biographie suivante d'un Européen moyen* … Durchschnittseuropäer klang bescheiden und bettete sein Leben in einen größeren Zusammenhang ein. Am Wichtigsten aber war ihm, dass seine Tochter Jeanine das Unerklärliche an ihm kennenlernte, *une chose insaisissable*: seine Seele, *l'âme.*

Großbuchstaben und Unterlängen setzte er moderat, sie hatten sich an das Gitter zu halten. Sehr genau kontrollierte Eugen Geck durch das geschliffene Glas seiner Brille hindurch die Linie, die aus dem Kugelschreiber floss. Und hielt er beim Schreiben inne, so strich er sich mit der Hand über die von vielerlei Flecken gesprenkelte Glatze, als würde er tief liegende Erinnerungen wachreiben und mit derselben Bewegung versuchen, den stechenden Schmerz, den diese Erinnerungen auslösten, zu lindern.

Albtraum

Es würde nicht einfach sein, nach Rumänien zurückzukehren. Das bekam ich bereits während meiner Recherchen im Vorfeld der Reise zu spüren. Es war wie verhext. Mit schweißfeuchten Händen wählte ich Mutters Telefonnummer, um ein Treffen zu vereinbaren, bis ich bemerkte, dass ich mich verwählt hatte. Aus Versehen hatte ich die Nummernkombination von Großmutters einstigem Anschluss gewählt. Großmutter war seit mehreren Jahren tot.

Meine Mutter wollte das Treffen verschieben. Ich hatte sie gebeten, mir zu erzählen, was sie noch wusste: von Rumänien, von Bukarest, und von ihrer Omama Josephine, bei der sie nach ihrer Ausreise aus Rumänien gewohnt hatte. Doch immer wieder kam etwas dazwischen, und wir suchten nach einem neuen Termin.

»Ich kannte niemanden«, sagte Mutter, als wir uns endlich gegenübersaßen und ich mein Notizheft auf den Tisch gelegt hatte. »Für mich waren das alles wildfremde Leute.« »Wie alt warst du damals?« »Keine Ahnung«, antwortete Mutter. »Vielleicht drei, vier Jahre?« Ich wusste, dass ich mit meinen Fragen eine Verletzung berühren würde, die nie verheilen konnte. Mutters Zittern nistete darin. »Meine Mama hat nichts erzählt«, sagte sie. Ihr Gesicht wurde hart, das Zittern stärker. »Jedes Mal, wenn ich sie etwas fragen wollte, sagte sie:

›Oh, mein Herz.‹« Mutter griff sich mit beiden Händen an die Brust und mimte ein schmerzverzerrtes Gesicht. »Man konnte sie nichts fragen. Nie!«

Mühsam, die Arme auf der Tischplatte aufstützend, erhob sie sich. »Wohin gehst du?«, rief ich ihr hinterher. »Nur keine Panik«, erhielt ich zur Antwort. Sie komme gleich zurück. Ob ich zum Kuchen eine Tasse Kaffee trinken möchte, fragte Mutter aus der Küche.

»Und dann hast du bei deiner Omama in der Schweiz gewohnt?«, versuchte ich das Gespräch fortzusetzen, als sie wieder am Tisch saß und uns beiden ein Stück vom selbst gebackenen Johannisbeerkuchen abgeschnitten hatte. »Nein.« Sie ließ die Gabel sinken und überlegte. »Zuerst wohnte ich bei Mutters Schwester Rickli und deren Mann, Onkel Max. Tante Rickli hatte die gleichen Augen wie Mama. Das war das Erste, was mir auffiel, als ich endlich ankam. Überhaupt sahen sich die beiden sehr ähnlich: blaue Augen, schwarze Haare, Adlernase. Aber Tante Rickli bekam schon bald ihr erstes Kind, und ich musste zu Omama. Sie wohnte ein paar Häuser weiter.« Mutter schien gefasst, doch ihre Stimme wurde brüchig, als sie hinzufügte: »Ich wurde gleich ein zweites Mal abgeschoben.«

Mutters Großmutter, das war die früh verwitwete Josephine Spahn, meine Urgroßmutter, eine Wirtin. Sie lebte in einer Zeit der Pferdefuhrwerke, der qualmenden Fabrikschornsteine und der Arbeitsmigration. Im Badischen geboren, zog sie als junge Magd über die

Grenze in die Schweiz, wo sie ihren Mann kennenlernte. Julius Spahn stammte ursprünglich aus derselben Gegend wie sie. Auch er hatte den Weg über den Rhein zurückgelegt. »Omama war eine stattliche Frau.« Mutter formte mit den Händen ausladende Brüste. »Und einen kräftigen Hintern hatte sie.« »Und die Wirtschaft?«, fragte ich. »Eine Büezerbeiz«, antwortete Mutter. »Nach dem Tod ihres Mannes wirtete sie alleine weiter. Mittags kamen die Arbeiter aus der gegenüberliegenden Seifenfabrik und aßen eine Kartoffelsuppe, Speck und Bohnen. Währschafte Kost.«

Sie schob sich ein Stück Kuchen in den Mund, kaute. »Ich fühlte mich wie ein Exot. ›Wo sind deine Eltern?‹, fragten die anderen Kinder. ›Warum sind sie nicht hier?‹« Sie schluckte. »In meiner Not erfand ich Ausreden. Lügengeschichten. Dabei hatte ich ständig Angst, zur Strafe noch einmal abgeschoben zu werden.« Mutter lachte gequält: »Ein Seelenkrüppel!«

Ich zog den Kopf ein. Das Wort Krüppel hat auf mich seit jeher die Wirkung eines Knüppels. In ihm steckt die Gewalt, die der Krüppel erlitten hat. Eine für mich nebulöse Gewalt, die bei Mutter jedoch unübersehbare Spuren zurückgelassen hat. Sie führt die Kaffeetasse nicht zum Mund, sondern lässt sie auf dem Tisch stehen. Das Zittern ist so stark, dass sie es nicht wagt, die Tasse hochzuheben. Stattdessen krümmt sie den Rücken und beugt den Kopf, der immerzu »nein« zu sagen scheint, zur Tasse hinunter. Sie versucht, die Lippen dieses verneinenden Kopfes am Tassenrand anzusetzen. Dazu fasst sie die Tasse mit beiden Händen links und rechts, um sie ein wenig zu kippen. Die Tasse bebt. Der Kaffee wirft Wellen. Mutter schlürft. Doch die Wellen schwappen an ihrem Mund vorbei über den Tassenrand hinaus. Sie verspritzen Mutters Brillengläser und bleiben als braune Flecken auf dem Tischtuch liegen.

»Das Schönste war die Schaukel«, sagte sie unvermittelt. Sie hatte sich die Brille abgenommen und wischte mit einem Papiertaschentuch die Spritzer vom Glas. »Die Schaukel stand im Garten von Tante Ricklis Haus und quietschte gottsjämmerlich. Ich schaukelte stundenlang, hin und her, mit viel Schwung. Hoch und höher – es war wie Fliegen. Hin und zurück, hin und zurück. Dazu sang ich immerzu Lieder.« Sie lachte. »Wahrscheinlich sang ich komplett falsch.«

Beim nächsten Treffen kramte Mutter die Kartonschachtel mit den Fotos hervor und kippte den Inhalt auf den Tisch: ein Berg winziger Motive mit Büttenrändern, die an Tortenpapier erinnerten. Schwarz-weiße Zeugnisse meiner Familiengeschichte, Sujets einer mir fremden Welt. Mutters Zeigefinger bahnte sich einen Weg durch diese Zeitsplitter und schob das Neugeborene, das sie einst war, beiseite. »Farücheli!«, rief sie, als hätte sie etwas längst verloren Geglaubtes wiedergefunden. Der Hund, mal mit dem schelmischen Blick eines Gauners, mal mit dem unnachgiebigen eines Diktators, lächelte, hechelte, befahl. Mutter separierte alle Farüchelis, und rund um den Dackel herum trat die Kleinfamilie in Erscheinung: ein sonnengebräuntes blondes Mädchen, das zusammen mit einem gleichaltrigen Jungen im Sandkasten spielt (»Mihai. Ich glaube, sein Vater war Tennisplatzwart«), Faruk, von Großmutter an der Leine über ein Tennisfeld geführt (»da spielten sie Tennis, und ich musste warten«), Faruk, in den Armen eines Mannes mit Schuljungengesicht, kreisrunden Brillengläsern und fliehendem Haaransatz (»Papa«).

Das also war mein Großvater. Ich wollte mir diesen mir unbekannten Mann namens Eugen Geck genauer ansehen, da machte Mutters Finger Halt vor einem Foto, auf dem kein Farücheli abgebildet war. Sie hob es hoch, hielt es mir hin. Und ich blickte auf ein winziges Flugzeug, vor dem – noch kleiner – Menschen standen, ein paar Erwachsene in Regenmänteln, zwei Buben in Shorts.

Es muss kurz zuvor geregnet haben, denn die Piste ist nass. Eine Stewardess steht am oberen Ende einer Treppe, die vor das Propellerflugzeug geschoben worden ist. Ihr Kollege, ein Mann in dunkler Uniform und weißer Mütze, schaut zu ihr empor. Das Flugpersonal verständigt sich über die Aufgaben, die es zu erfüllen hat. Die Blicke der Passagiere jedoch verlieren sich in ganz verschiedenen Richtungen. Keiner schaut den anderen an. Es sind aus ihrem Zusammenhalt herausgelöste Menschen, die sich fragmentarisch in den Wasserlachen spiegeln. In mir weckten sie eine Empfindung, die ich nicht hätte benennen können, die aber in diesem Bild ihren Ausdruck fand. Das Bild fing an zu zittern. Ich sah auf. Tränen glitzerten auf Mutters gelben Wangen. Wortlos hatte sie das Foto gewendet. Auf seiner Rückseite stand, in zittriger Handschrift geschrieben und mit einem Fragezeichen versehen: Abflug aus Bukarest?

Mutter schnäuzte sich, wischte die Tränen weg, doch schon flossen neue Tränenlinien über ihre Wangen, und in Mutters gealtertem Gesicht kam das Gesicht eines Mädchens zum Vorschein, das 1938 in Bukarest geboren und auf den rumänischen Namen Doina getauft worden war. – Doina, so habe ich unterdessen erfahren, bedeutet Lied. Es ist der Ausdruck für Melodien, die von Generation zu Generation weitergegeben werden und von Liebe, Verlust und Einsamkeit erzählen.

Ein Familienfoto existierte nicht. Als Zweijährige geht Doina vor ihrem Kinderwagen her direkt auf den Fotografen zu, der sich, aufgrund der Perspektive, in der das Bild aufgenommen worden ist, niedergekauert haben muss. Sie trägt ein Mäntelchen und helle Strümpfe und hat ein kreisrundes Gesicht. Eine eng anliegende Kappe verdeckt die Ohren. Die dreijährige Doina wird von einer schwarzhaarigen Frau im Arm gehalten. Das Kind trägt ein weißes Sommerkleidchen, mit der Hand schirmt es die Augen gegen die Sonne ab. Vierjährig sitzt Doina auf der Brüstung desselben Balkons und schaut verschmitzt in die Kamera. Der lachende Mann, der neben ihr steht, legt seinen Arm um ihre Schultern.

»Das ist Herr Renner.« Mutters Stimme war fadendünn und höher als sonst. »Ein Angestellter der Schweizer Botschaft. Mit ihm bin ich in die Schweiz geflogen.«

Was erzählt man einem Kind, damit es ohne seine Eltern in ein Flugzeug einsteigt? Wie belügt man sein Kind, damit es sich nicht ans Mamabein klammert und Zetermordio brüllt? Wie verabschiedet man sich von seinem belogenen Kind, damit es im Glauben bleibt, alles sei in Ordnung und die Trennung nur für ganz kurz?

»Es war ein Albtraum.« Mutters Kopf bebte. Und aus den Bruchstücken, die von diesem Albtraum erzählbar waren, setzte sich bei mir das Bild eines Kindes zusammen, das nach dem Flug mutterseelenallein in einem Zug sitzt. Um seinen Hals hängt eine Tafel, für die es sich geniert. Es versucht, die Tafel mit dem Arm zu verbergen. Sie wegzunehmen, traut es sich nicht. Unter gar keinen Umständen dürfe sie dieses Schild entfernen, hat Herr Renner gesagt, sonst könne Omama Josephine sie nicht finden. Er hat sich mit dem Schaffner verständigt, hat auf den Koffer gezeigt und auf das Schild um ihren Hals. Der Schaffner hat ihr einen strengen Blick zugeworfen. Plötzlich ist Herr Renner verschwunden. Sie ruft nach ihm, packt ihre Lieblingspuppe und läuft durch den Wagen, ruft nach Mama und Papa, bis der Schaffner kommt und sie wieder zu ihrem Sitz bringt. »Der Zug fuhr und fuhr!«, sagte Mutter. »Es nahm einfach kein Ende! Und ich hätte dringend Pipi machen müssen. Irgendwann waren meine Strumpfhosen dann nass.«

Durch die Badezimmertür hindurch hörte ich die Spülung, Wasser floss ins Lavabo. Mutter setzte sich erneut an den Tisch. »Papa?«, fragte sie, als ich sie auf ihren Vater ansprach, und antwortete im selben Atemzug: »Papa war Heizungsingenieur bei der Hofer AG!« Es klang, wie wenn die Firma ein Königreich und ihr Vater ein persönlicher Berater des Königs gewesen wäre. »Und was war er für ein Mensch?«, fragte ich. Sie überlegte. »Er war sehr lehrerhaft. Als ich nach dem Krieg bei ihm in den Ferien war, brachte er mir Französischwörter bei und verlangte, dass ich jeden Tag Mathematikaufgaben löse. Doch dann durfte ich nicht mehr zu ihm. Ein Vater, der keine Briefe schreibe, sei kein guter Vater, sagte Mama. ›Auf so einen können wir verzichten.‹«

Mutter starrte auf den Boden. »Immerhin war er es, der bemerkt hat, dass ich kurzsichtig bin und eine Brille brauche, und dass mit meinen Füßen etwas nicht stimmte. Mama kümmerte sich nicht um mich. Sie wohnte in der Stadt und kam kaum je zu Besuch. Und Omama waren meine Krüppelfüße gar nicht aufgefallen. Papa brachte mich in eine Klinik, wo ich untersucht wurde. Ich glaube, das war bei meinem letzten Besuch in Mulhouse.« Sie bewegte ihre Füße, die in roten Pantoffeln steckten, hin und her. Bei der kleinen Zehe war der Filz ausgebuchtet. »Vielleicht ...«, sie sah auf, »vielleicht weiß seine zweite Frau mehr über ihn. Sie weiß vielleicht auch, wo er im Krieg gewesen war.« Und als sei es das Selbstverständlichste der Welt, notierte sie jene Adresse auf einen Zettel, die ich einst als Teenager ausfindig machen wollte.

Damals war ich unschlüssig vor der Hauptpost gestanden, Mutters Warnung im Ohr. »Deine Großmutter toleriert das nicht!«, hatte sie gesagt. In ihrer Stimme schwang eine Verzweiflung mit, die mich aufhorchen ließ. »Die Familie bricht auseinander. Lass um Himmels willen die Finger von solchen Nachforschungen!«

Schließlich gab ich mir einen Ruck, marschierte geradewegs in das Gebäude hinein und stellte mich in die Warteschlange – doch weshalb starrten mich die Leute rundherum so schamlos an? Sie sahen aus wie glotzende Fische oder futterneidige Hühner, man wird sich doch nach einer Adresse erkundigen dürfen, schließlich ist die Hauptpost ein Ort, wo sich jeder informieren kann, und wer sagt denn, dass ich auch anrufen oder schreiben würde, sollte sein Name im Telefonbuch von Mulhouse tatsächlich zu finden sein. Abgesehen davon war es überhaupt nicht sicher, ob er noch immer in Mulhouse lebte, dort, wo er gewohnt hatte, als Mutter ihn nach dem Krieg zum letzten Mal besucht hatte ... Vielleicht ließe sich ein geheimes Treffen arrangieren, niemand erführe davon, doch – so überlegte ich weiter –, was wollte ich eigentlich von meinem Großvater? Vielleicht war er tot? Der Gedanke, einen Toten aufzustöbern, missfiel mir zutiefst. Je weiter ich in der Reihe vorrückte, desto fiebriger fühlte ich mich, bis ich, an zweiter Position vor dem Schalter angelangt, ausscherte, zur Tür eilte und die Treppe hinunter ins Freie stürzte, um in sicherer Distanz von all den starrenden Augen aufzuatmen.

Ordner

Und nun, zwanzig Jahre später, hielt ich die gesuchte Adresse in der Hand. Um meinen Anruf anzukünden, schrieb ich einen Brief. Dann rief ich an. »Pas de problème«, sagte Madame Geck am Telefon, ich könne kommen, wann immer ich wolle. Sie erwarte mich. An der Eingangstür hing ein Ährenkranz aus gebranntem Ton, links und rechts davon spielten zwei Strohengel Schalmei. »Venez!« Die gebückte Frau hinkte voraus. »Bittschön.« Ich folgte ihr, an geschlossenen Türen vorbei, durch einen schmalen dunklen Gang. An den Wänden hingen Fotografien und Stickereien, aus einem Tonstiefel ragten lila Strumpfblumen. »Venez«, sagte Madame Geck erneut und führte mich zur Stube, die sich am Ende des Ganges befand. Ein Tüllvorhang streute das Licht. Auch hier waren die Wände üppig mit Basteleien, Bildern und Postern dekoriert. Über einem Sofa hingen van Goghs Sonnenblumen, und in der linken Sofaecke saßen ein paar Puppen und schauten mich an, als hätten sie meine Ankunft ebenfalls erwartet. Madame Geck wies auf einen der sechs Stühle hin, die in der Mitte des Raumes um einen langen Tisch herumstanden, hohe Rückenlehnen hatten und mit einem beige-braun gemusterten Stoff bezogen waren. »Sie trinken doch eine Tasse Tee mit mir?«, fragte sie und goss, während ich mich setzte, den bereitgestellten Tee in zwei altmodische, mit einem Goldstrich verzierte Porzellantassen. In ihrer Schürze fand sie ein zerknittertes Taschentuch und wischte die verschütteten Tropfen von der Folie, die auf dem Tischtuch lag.

»Mein Mann«, sagte Madame Geck und kicherte auf eigentümliche Weise, »konnte sich über Flecken furchtbar ärgern. Dabei kann man sie nicht verhindern. Es bleibt ein Tropfen am Krug hängen, oder jemand stößt aus Versehen ein Glas um. Wo Menschen sind, gibt es Flecken, hab ich ihm gesagt. Doch davon wollte er nichts wissen. Die Kleider haben wir getragen, bis sie nur noch Fäden waren. Das hat ihn nicht gestört. Doch Flecken hasste und fürchtete er, als wären es Vorboten der Pest.«

Der Tee schwappte ein wenig, als Madame Geck eine der beiden Tassen in meine Nähe rückte. Sie lächelte mich an. Zwischen ihren gezupften Augenbrauen lagen drei Falten, die senkrecht emporschossen, dünner und schmaler wurden und sich verloren, bevor sie den Haaransatz erreicht hatten. Zwei davon hatten sich tief in die Stirnmitte eingegraben, links davon gesellte sich eine dritte, etwas weniger ausgeprägte dazu. Selbst wenn Madame Geck lächelte, veränderten sich diese drei markanten Kerben kaum. »Zucker?«, fragte sie, nachdem sie sich gesetzt hatte, und schob mir eine ovale Schale hin, die mit Würfelzucker gefüllt war. Der Würfel färbte sich bernsteinfarben, vom Teelöffel angetippt zerfiel er. Ich rührte. »Sie kommen wegen meines Mannes?«, fragte sie ins klingelnde Porzellan hinein. Ich nickte. Ich wisse nichts über meinen Großvater, erklärte ich. Meine Großmutter habe nichts erzählt, und der Kontakt zwischen ihm und meiner Mutter sei abgebrochen, als Mutter zwölf Jahre alt gewesen sei. Großvater sei für mich ein Unbekannter. Und da hätte ich gedacht, vielleicht könne sie mir etwas über ihn erzählen.

Der Löffel, mit dem nun sie den Tee umrührte, verursachte ein scherbelndes Geräusch. Madame Geck sah mich schweigend an. Schließlich legte sie das Löffelchen auf die Untertasse und schwieg weiter, als müsste sie die Dinge, die sie sagen wollte, zuerst ordnen.

»Rumänien war die schönste Zeit seines Lebens«, fing sie an, »das hat er immer gesagt. Vor den Deutschen hatte er Angst. Dabei war er selber ein Deutscher gewesen, von seinem Vater her. ›L'homme avec les lunettes‹ haben sie ihn im Krieg genannt, ›der Mann mit der Brille‹. An der Front hat er dann mit den Russen zusammengearbeitet. Mit denen hat er sich ganz gut verstanden, obwohl er kein Wort Russisch sprach. Zum Schluss war er in amerikanischer Kriegsgefangenschaft. Dort musste er sich wieder an das Frühstück gewöhnen. Er war ja abgemagert bis auf die Knochen. Alles verlieren und bei null anfangen, das muss man erst einmal durchmachen.«

Sie redete weiter, erzählte etwas von einem Wald, durch den er gerannt sei. Alle seien in eine Richtung gerannt, und er habe als Einziger die Gegenrichtung eingeschlagen. In der Nähe von Wien sei das gewesen, niemand habe gewusst, wo die Front verlaufe. »Was hätte er denn tun sollen?«, fragte sie. »Nachdem der Hauptmann jedem der Truppe fünfzig Mark in die Hand gedrückt hatte, waren die Männer ihrem Schicksal überlassen.« Es fiel mir zunehmend schwerer, ihren Schilderungen zu folgen. Einmal schien mir, sie erinnere sich an eigene Kriegserlebnisse, doch schon im nächsten Satz erzählte sie von Rückzugsgefechten, die ihr Mann an der ungarisch-rumänischen Grenze mitgemacht hatte. Sie verwendete mir unbekannte Namen, und da ich nicht mehr nachvollziehen konnte, worüber sie sprach, fing ich an, ihr Gesicht zu studieren. Die Augenbrauen waren an den Schläfen wie an zwei unsichtbaren Fäden in die Höhe gezogen, was aussah, als genieße sie einen nicht enden wollenden Witz. Ihre Nase war klein und wohlproportioniert und ihr Teint sehr hell, nahezu weiß. Meine Großmutter kam mir in den Sinn, ihr von Altersflecken und roten Äderchen gezeichnetes Gesicht. Die beiden Frauen unterschieden sich in fast allem. So hatte Großmutter selbst im hohen Alter eine nahezu faltenlose Stirn gehabt, und die Haare hatte sie zu einem Pagenschnitt frisiert, während sie bei Großvaters zweiter Frau kraus und struppig vom Kopf abstanden. Großmutters Tränensäcke waren schattengrau gewesen und am unteren Rand von einer klaren Linie begrenzt. Bei Madame Geck hingegen sah ich zwei fahle, mit knittriger Haut gefüllte Mulden. Auch über die Mundregion und das Kinn zog sich eine in kleinste Parzellen zerstückelte Landschaft, in deren Mitte sich unaufhörlich zwei schmale, fliederfarbene Lippen bewegten und in einem hohen Tonfall Wörter herausplätschern ließen, als müssten sie über Jahrzehnte hinweg Angestautes endlich und immer wieder in die Welt entlassen: »Hatte sich Jean etwas in den Kopf gesetzt, dann musste er es bekommen, koste es, was es wolle. Da hat er nicht mehr davon abgelassen. ›Du hast doch keine Chance‹, hab ich zu ihm gesagt. ›Deine erste Frau lässt es nicht zu. Auch deine Briefe fängt sie ab. Du glaubst doch nicht im Ernst, ein einziger gelange bis zum Kind. Doina hat Angst vor dir. Elle ne te reconnaît plus. Lass die Anwälte, vergiss sie. Und wir versuchen, ein eigenes Kind zu haben.‹«

Madame Geck pausierte. Sie sah mich an, als suchte sie Zustimmung. Schließlich sei sie es gewesen, die vor zwanzig Jahren dieses erste Kind, das unterdessen meine Mutter geworden war, ausfindig gemacht und über den Tod seines Vaters informiert habe. »Je lui ai demandé, was soll ich tun, wenn du nicht mehr da bist, soll ich es suchen oder soll ich es nicht suchen? Und er hat nur gesagt: ›Cela m'est égal. Du kannst machen, wie du willst. Es ist jetzt zu lange her.‹ Venez!«, sagte sie und fasste mich am Arm.

Die Puppen in ihren Trachtenkleidchen wippten zwei-, dreimal auf und ab, als wir uns neben sie aufs Sofa setzten. Weshalb nannte sie Großvater Jean, wo er doch Eugen hieß? Doch bevor ich fragen konnte, reichte mir Madame Geck den grauen Ordner, der auf dem Salontischchen lag, und verkündete: »Voilà ses mémoires!«

Ich schlug den Deckel auf. Das Papier war bräunlich verfärbt und roch nach Schweiß, auf dem sich eine Staubschicht abgelagert hatte. Vorsichtig blätterte ich die erste Seite um. Oben rechts war das Datum vermerkt, daneben eingekreist die Zahl zwei. Mit Madame Gecks Hilfe entzifferte ich ein paar französische Wörter und übersetzte den Satz: »Es war an einem Märztag im Jahre 1910, als die folgende Geschichte mit meiner Geburt ihren Anfang nahm.«

»Das sind die Seiten, die Sie interessieren könnten.« Madame Gecks Stimme war hörbar erregt. Ihr weißer, schrumpeliger Zeigefinger fuhr in Richtung eines gelben Post-it-Klebers, auf dem neun Zahlen standen:

134 – 154 – 200
474 – 480 – 484
489 – 508 – 558

»Ich hatte das alles gar nie gelesen«, lachte sie. »Erst jetzt, bevor Sie gekommen sind. Jetzt habe ich es durchgelesen und diese Seiten notiert. Ich habe gedacht, vielleicht interessiert es Sie. Er spricht dort von seinem ersten Kind.« Ihr Finger zeigte auf den handschriftlichen Vermerk »concerne Doina«, der unter den Zahlen stand. »Nach der Pensionierung hat er damit angefangen, weil unsere Jeanine ihn gefragt hat, was er denn alles erlebt habe, da hat er angefangen zu schreiben. Mir war's recht. Wie viele Ehen gehen kaputt, wenn der Mann pensioniert wird und den ganzen Tag zu Hause herumsitzt? So hatte er am Schreibtisch zu tun und ich hatte in der Küche zu tun, wir kamen ganz gut aneinander vorbei.« Madame Geck lachte ihr hohes, kicherndes Schulmädchenlachen. »'s Jeanine hat es auch nie gelesen.« Mein Blick glitt über Großvaters Handschrift hinweg. »Es wollte seinen Vater so in Erinnerung behalten, wie es ihn gekannt hatte.« Während sie weiterredete, schlug ich die Seiten nach, die sie notiert hatte, und suchte im Wörtermeer nach Mutters Namen. »Deshalb sind wir nach dem Unfall auch nicht mehr zu ihm hinein. Er hatte einen Halswirbel fracturé, und da hab ich zum Jeanine gesagt, ich weiß, wie jemand aussieht, der den Hals gebrochen hat: Das Gesicht ist rot und aufgeschwollen, und die Augäpfel treten heraus, das ist ein anderer Mensch, so will ich ihn nicht sehen. Da ging 's Jeanine auch nicht mehr zu ihm hinein.«

»Dort«, sagte sie und wies mit der Hand auf eine Wandnische hin, »dort drüben liegt seine Asche.« Ein Holzschrein in Form eines Sarges umschloss die Urne, daneben stand eine Fotografie, auf der ein Blondschopf abgebildet war, ein Jüngling, fast noch ein Bub. Seine Haare sind fein säuberlich aus der Stirn nach hinten gekämmt, und unter dem dunklen Sakko trägt er ein weißes Hemd mit akkurat gebundener Krawatte. »So hat er ausgesehen, als ich ihn kennenlernte.« Madame Geck zeigte auf eines der beiden Passbilder, die am unteren Rand zwischen Glas und Goldrahmen eingeklemmt waren. Verschwunden ist das Knabenhafte, die Weichheit der Wangen, die Neugierde im Blick. Die Konturen sind hart, die Lippen schmal geworden. Die Stirn wirkt aufgebläht, und die Augen haben sich in die Höhlen verkrochen, deren Eingang schlitzförmig ist. Ein scharf urteilender Blick sticht daraus hervor. »Damit er Sie sieht«, kicherte Madame Geck und wischte mit einem Staublappen ein paarmal übers Glas. »Wo Sie doch extra wegen ihm die lange Reise gemacht haben.«

Auf dem zweiten Passbild unten rechts wirken Großvaters Gesichtszüge mild. Die Spannkraft der Muskulatur hat nachgelassen, und die Farbe – es ist das einzige Farbfoto – nivelliert die Kontraste. Auch als alter Mann trägt er keine Brille. Und auf keinem der drei Bilder lächelt er.

»Seine Disziplin war ausgezeichnet. Chaque jour hat er mindestens drei Stunden geschrieben.« Madame Geck führte mich zum Schreibsekretär, einem Möbelstück aus rötlichem Holz, auf dem ein Modellschiff stand. Behutsam hob ich den Dreimaster an Bug und Heck hoch und betrachtete die beweglichen Rahen, die Luken und das Wellenrelief am Bug. Segel fehlten. »Das hat er nach dem Krieg geschnitzt, um die Langeweile zu vertreiben«, berichtete Madame Geck. »Er beschreibt es in seinen Memoiren. Er wollte zurück nach Rumänien. Doch es gelang ihm nicht, die nötigen Visa zu beschaffen. Er hatte keine Papiere mehr, und in Rumänien waren unterdessen die Kommunisten am Ruder. Dafür hat er dann den tapis gekauft.« »Was für einen Teppich?«, fragte ich. »Er hat ihn nicht in Rumänien gekauft. Erst viel später, nachdem das Haus schon fertig gebaut war. Auf dem Teppich hat er seine Memoiren geschrieben.« Ob es diesen Teppich noch gebe, wollte ich wissen. »Bien sûr«, antwortete Madame Geck.

»Nach der Hochzeit hat er von mir verlangt, dass ich Rumänisch lerne«, erzählte sie auf dem Weg in den Keller. »Er wollte unbedingt rumänisch mit mir reden.« Sie zündete das Licht im Treppenabgang an. Vorsichtig setzte sie den Fuß auf die erste Stufe. »Aber ich konnte mir das Vocabulaire einfach nicht merken. Schließlich ließ er es bleiben. Deutsch wollte er nie mit mir reden. Dabei war er vor dem Krieg Deutscher gewesen. ›Wenn nicht rumänisch, dann halt französisch‹, hat er gesagt. Er wollte sogar einen französischen Namen. Ich durfte ihn nicht Eugen nennen und auch nicht Eugène. Er wollte, dass ich Jean zu ihm sage.«

Ich folgte Großvaters zweiter Frau durch einen weiß getünchten Schlund ins Kellergeschoss. Unten angelangt, kippte sie einen weiteren Lichtschalter. Mitten im Raum flammte mit leisem Surren eine Glühbirne auf und tauchte das Gewölbe in ein bräunliches Licht. Rund um die Glühbirne herum hingen Staubfäden und zu schwarzen Klumpen verklebte Spinnweben. Die wenigen Möbel, die herumstanden, waren mit Leintüchern bedeckt. Staub wirbelte auf, als Madame Geck das Tuch, das über einem Kleiderkasten hing, zur Seite schob, um die Tür aufzusperren. Aus dem Kasten quoll der muffig-giftige Geruch von Mottenkugeln. Kleider hingen in weißen Plastik gehüllt an einer Stange. Vielleicht ihre Abendkleider, vielleicht Großvaters Anzüge. Madame Geck bückte sich und zupfte an einem Bündel herum, das auf dem Kastenboden lag. »Voilà! Das ist er«, sagte sie. »Heben Sie ihn bitte hoch.«

Das Bündel hatte ein beträchtliches Gewicht. »Gehen Sie voran«, trug mir Madame Geck auf. Ich musste mehrmals nachfassen, während ich die Treppe hochstieg. »Legen Sie ihn auf den Tisch!«, keuchte Madame Geck hinter mir. Sie hole eine Schere.

Mit einer alten Küchenschere durchtrennte sie die Schnur. Gemeinsam entfernten wir die Schutzfolie, und wie wir den Teppich auseinanderfalteten, breitete sich über dem Esstisch ein Nachtblau aus, in das farbenprächtige Blumen eingewoben waren: Rosen, Tulpen, Nelken. »Das ist Großmutters Wandteppich!«, rief ich. »Auch sie hat ihn nach dem Krieg gekauft. Es sind exakt dieselben Muster! Nur das Blau ist etwas dunkler. Und der gelbe Hahn ist fort.«

Madame Geck wich zurück. Ich hatte sie gefragt, ob ich Großvaters Memoiren kopieren dürfe. »Für mich sind seine Aufzeichnungen von ungeheurem Wert«, erklärte ich, »umso mehr, als ich ihn zu Lebzeiten nicht kennengelernt habe!« Ein verstörtes Lächeln huschte über ihr Gesicht. Sie schwieg. »Geben Sie mir die Memoiren mit«, bat ich erneut und versprach im selben Atemzug, das Original zurückzubringen, sobald ich es kopiert hätte: »Ich könnte nächste Woche wiederkommen.« In ihren Augen wurde eine Traurigkeit sichtbar. »Übermorgen, wenn Sie wollen.« Zwischen uns breitete sich eine gläserne Stille aus. Schließlich schüttelte sie den Kopf.

»Madame Geck!« Meine Stimme – war das meine Stimme? – redete, bat, versicherte und ließ nicht locker, bis sich Madame Geck nach einem zweiten Ordner umsah. Sie löste die schmale Metallplatte, die das Papier presste, und verteilte Großvaters Memoiren auf zwei Ordner. Der erste Teil umfasste die Jahre 1910 bis 1957. Er endete kurz vor der Heirat mit Madame Geck. Der zweite Teil führte bis in sein Todesjahr 1984. »Ce sont des choses privées«, sagte sie, »diesen Teil behalte ich hier. Das geht niemanden etwas an. Sie haben jetzt seine Kindheit, die Rumänienzeit und den Krieg. Kopieren Sie, und bringen Sie mir das Original zurück.«

Ich nickte, bedankte mich, nickte erneut und verabschiedete mich rasch: »Adieu, auf Wiedersehen.« Der Rollkoffer lärmte über das Kopfsteinpflaster, als würden seine Räder die Steine aus dem Boden herausreißen. Er holperte hinter mir die Rampe hoch. Auf dem Perron blieb er neben mir stehen. Ich hielt ihn mit der Hand fest. Im Koffer schlummerte Großvater wie in einem externen Uterus. Mein Großvater! Mutters von Großmutter totgeschwiegener Vater. Laut ratternd folgte mir der Koffer durch die späte Nacht, als ich ihn die letzten Meter nach Hause zog.

Geburt

Ich legte den Koffer auf den Parkettboden meines Schlafzimmers und drückte beidseitig auf die Schnallen, die mit einem metallenen Geräusch aufsprangen. Ich klappte den Schalendeckel hoch, wühlte in den Kleidungsstücken und hob den Ordner heraus. Der säuerliche Geruch, den er verströmte, intensivierte sich, als ich ihn öffnete. Es war still. So still, dass ich den Eindruck hatte, meine Augen knisterten beim Versuch, Großvaters Handschrift zu lesen. Ich holte das Französischwörterbuch, rückte die Nachttischlampe näher heran, damit die blaue Linie, die der Kugelschreiber zurückgelassen hatte, in den Lichtkegel zu liegen käme. Buchstaben für Buchstaben tastete ich mich vorwärts. Ohne die Wörter zu verstehen, blätterte ich zur nächsten Seite und zur übernächsten, immer schneller, wie eine Gehetzte, die mit einem Schlag begriff, dass sie eine Verfolgte war: Ich war auf der Flucht! Verweile nicht bei seiner Kindheit, das kannst du später nachholen. Rumänien ist, was interessiert. Hastig blätterte ich die bräunlich verfärbten Seiten um, zehn, zwanzig, fünfzig auf einmal, überflog sie, suchte nach Anhaltspunkten, Jahreszahlen, Eigennamen, blätterte weiter. Doch das Ungetüm hatte mich längst eingeholt.

Am darauffolgenden Morgen erwachte ich wie aus einem Fiebertraum, der einen mit seinen dunklen

Schächten allein lässt. Die Sonne warf einen hellen Streifen auf Großvaters Schrift, die im geöffneten Ordner neben mir auf dem Bett lag. Meine Kleider waren verschwitzt. Ich löschte die Nachttischlampe.

Eine Delle im Rasen wies, von niemandem beabsichtigt, auf Großmutters letzte Ruhestätte hin. Mutter saß vor dem Gartenhäuschen und schob Hühnerknochen auf dem Tisch herum, drei vom Fleisch befreite Brustspitze mit Farbverläufen ins Gelbliche. »Sehen sie nicht aus wie Flugsaurier mit aufgestelltem Nackenkamm?«, fragte sie. *Nightmare* heiße diese Serie. Ein Wind strich durch den Garten und zauste ihr dunkles, grünlich schimmerndes Blond.

Ich streckte ihr den Ordner hin. Und so wie ich es getan hatte, schnupperte auch sie als Erstes an Karton und Papier. Dann umarmte sie den Ordner. Auf ihrem gelblichen Gesicht tummelten sich die Schatten der Birkenblätter, schwammen über ihre geschlossenen Lider, tanzten zwischen ihren Handgelenken und dem Graukarton hin und her. Von Schatten gepunktet, saß sie eine Weile lang einfach nur da. Weit weg. Da.

»Französisch?!«, rief sie, nachdem sie den Ordner geöffnet hatte. »Er hat auf Französisch geschrieben? Warum denn das?« Wie an einem zitternden Faden hing ihr Finger über der präzis gesetzten Schrift.

Préface

Il y a des milliards d'hommes sur notre petite planète dont la vie de chacun d'eux est limitée à un temps plus ou moins long. Chacun a son destin; un destin qui, même semblable à celui d'autres, n'est jamais identique.

Was das heiße, fragte Mutter. »Vorwort«, übersetzte ich. »Es gibt Milliarden von Menschen auf unserem kleinen Planeten, wobei das Leben eines jeden Einzelnen auf einen kürzeren oder längeren Zeitabschnitt begrenzt ist. Jeder Mensch hat sein Schicksal, und auch wenn manche Schicksale ähnlich sind, so ist doch keines dem anderen gleich.«

»Papa!«, murmelte Mutter. Sie blätterte die Seite um, hob den Ordner erneut zum Gesicht, um am Papier zu riechen, blätterte weiter, roch noch einmal. Dann schloss sie den Ordner und gab ihn mir zurück. »Ich kann es nicht lesen«, sagte sie. »Mein Französisch ist nicht gut genug.«

Noch am selben Tag kopierte ich die fünfhundertachtundsiebzig Seiten, die mir Madame Geck mitgegeben hatte, obwohl sie gesagt hatte, es eile nicht. Behutsam legte ich das erste Blatt auf die Glasplatte, justierte es, senkte die Abdeckung, drückte die Starttaste und wartete auf den Lichtblitz, dem in kurzem Abstand ein zweiter folgte. Ich klappte die Abdeckung hoch, wendete die A4-Seite und senkte den Deckel erneut auf das eng beschriebene Blatt. Und wieder klappte ich den Deckel hoch. Das Blatt legte ich zurück in den Ordner, der wie ein schlafendes Kind neben der Maschine lag. Ich nahm das nächste Blatt heraus, legte es auf das Glas, senkte die Abdeckung und drückte den Knopf. Die Maschine schüttelte sich, als würde in ihrem Inneren ein Riegel hin- und hergeschoben. Zwei Lichtblitze lang kontrolliere ich die Kopie. Das Blatt wird gewendet, justiert, die Abdeckung gesenkt. Lichtblitze eins und zwei. Die Abdeckung klappt hoch und runter. Ich drücke den Kopf. Mein Körper merkt sich den effizientesten Ablauf, die Maschine rattert nun ununterbrochen, es klingt, als summte sie: »Wo fängt es an? Wo hört es auf? Wo fängt es an? Wo hört es auf?« Grünblitze. Das einhundertzweiundachtzigste Blatt wird gewendet. Vielleicht steht ausgerechnet auf dieser Seite ein Schlüsselsatz. Zuklappen. Knopf drücken. Grünblitze. Klappe hoch. Umblättern. Auf Seite zweihundertvierundsechzig steht die Jahreszahl 1942. Grünblitze, aufklappen, wenden, dreihundertvierundzwanzig, zuklappen, Knopf drücken, aufklappen. Dreihundertfünfundfünfzig. Aufklappen. Vierhundertneunundachtzig. Wenden. Zu frühes Hochklappen, Blitzlichter blenden mich. Die Kopiermaschine stampfte, stampfte weiter. Einmal verlangte sie nach mehr Papier.

Mutterland

In den Wochen, die mir bis zur Abreise nach Rumänien blieben, beugte ich mich Nacht für Nacht über Großvaters kopierte Schrift: weiße, geruchlose Seiten, über die sich wie Pilger in einer endlosen Einerkolonne Buchstabenkompositionen zogen. Wort für Wort fiel der Entzifferung anheim. Mit der Zeit gelang es mir, die Buchstaben a und o, g und j einigermaßen treffsicher zu unterscheiden. Unbekannte Wörter schlug ich im Wörterbuch nach. Fand ich das Wort nicht, prüfte ich seine Entzifferung. Und indem ich Satz um Satz ins Deutsche übertrug, lernte ich einen Jungen namens Eugen kennen. Der Kleine wohnte zusammen mit seiner Schwester Elisa und der Mutter am Stadtrand von Zürich gleich neben dem Schlachthaus, während sein Vater, ein Deutscher namens Franz Geck, in einem der zahllosen Schützengräben des Ersten Weltkrieges kauerte und den Karabiner immer wieder von Neuem lud.

Franz kehrt mit einer weggeschossenen Ferse nach Hause zurück. Zwei Jahre später stirbt Elisa nach kurzer, schwerer Krankheit. Die dreiköpfige Familie übersiedelt daraufhin nach Berlin. Eugen ist zu diesem Zeitpunkt zehn Jahre alt. Seine neuen Klassenkameraden verspotten ihn wegen seines schweizerdeutschen Akzents. Zu Hause flucht der Vater über die Wirtschaftskrise. Ein Großteil seines Vermögens ist vernichtet. Bei der Mutter treten die ersten Lähmungserscheinungen auf. Zusammen mit seinem Vater durchwühlt Eugen am Stadtrand von Berlin geerntete Kartoffelfelder, in den Wäldern suchen sie nach Brennholz. Halb Berlin ist auf den Beinen. Die einen schieben Karren, andere schultern Säcke oder ziehen Leiterwagen hinter sich her. Nachdem sich die Währung wieder stabilisiert hat, ist Franzens wilhelmscher Schnauz auf ein Rechteck über der Oberlippe zurückgestutzt. Und morgens scheitelt er das Haar und drückt es mit etwas Pomade an der Kopfhaut fest.

Er würde gerne Maler oder Bildhauer werden, sagt Eugen. Franz lacht. Maler! Bildhauer! Einen technischen Beruf soll sein Sohn erlernen. Am besten sei es, er werde Ingenieur. Eugen fügt sich dem väterlichen Wunsch. Eine Harley-Davidson mit Seitenwagen hält Vater und Sohn noch eine Weile zusammen. In den Sommerferien fahren sie zu den wortkargen Verwandten nach Ostpreußen ans baltische Meer. Im darauffolgenden Jahr besuchen sie die mütterliche Verwandtschaft in der Schweiz. Doch als Eugen nach Beendigung seiner Ausbildung an der Strelitzer Ingenieur-Schule bekannt gibt, er steige nicht ins väterliche Klempnergeschäft ein und werde keine Kloschüsseln in Berlin verkaufen, kommt es zum Bruch. Wenn dem Prinzen das väterliche Geschäft nicht vornehm genug sei, könne er gehen. Auf der Stelle! Eugen zieht ins Land seiner Kindheit, in die Schweiz.

Tagsüber sitzt er im Wartsaal des Hauptbahnhofs Zürich und schreibt Bewerbungen. Am Abend steigt er in sein kaltes Mansardenzimmer hinauf. Seit Wochen ernährt er sich nur noch von Brot und Schwarztee, und mit jeder Absage schwindet die Hoffnung. Ein Rückfahrtticket sei er bereit zu schicken, wenn die Bitte höflich und respektvoll vorgebracht werde. Aber Geld, antwortet ihm brieflich der Vater, das könne er ein für alle Mal vergessen. Eugen zerreißt den Brief und verbrennt die Schnipsel. Immer häufiger kreisen seine Gedanken um die Frage, wie er seinem Leben ein Ende setzen könnte, da geschieht im letzten Moment, woran er bereits nicht mehr geglaubt hat: Die Firma Hofer AG, ein renommiertes, international tätiges Schweizer Unternehmen, stellt ihn als Heizungsingenieur ein – trotz seiner deutschen Staatsbürgerschaft.

Nun kommt Bewegung in sein Leben und eine Melodie. Eugen lernt die Belegschaft kennen, von der er jetzt Teil ist. Am Abend bleibt er im Büro sitzen und arbeitet weiter, bis tief in die Nacht hinein. Endlich ist er in der Lage, seine Schulden zurückzuzahlen. Die Vorgesetzten loben seine Leistungen. Als das Gehalt aller Angestellten um fünf Prozent gekürzt wird, reklamiert er beim Chef – und hat Erfolg! Sein Salär wird als einziges erhöht. Er kauft sich ein Fahrrad und einen Plattenspieler, und zwischendurch neckt er die brünette Stenodaktylografin vom technischen Büro. Fräulein Spahn ist nicht auf den Mund gefallen. Schlagfertig kontert sie. Ihre

Sprüche bringen Heiterkeit in die Bude. Sie gilt es zu erobern! Bei der ersten Verabredung spazieren sie den Waldrand entlang. Junges Buchenlaub sprießt aus den Zweigen. Eugen erzählt von den Berliner Kunstmuseen, von den Künstlern, die er verehrt, von den Bildern, die ihm besonders gut gefallen. Er erwähnt das Grab des großen Kopernikus im Frauenburger Dom, wo der Messmer sein Verwandter ist. An der baltischen Küste gebe es übrigens Insekten, die dem Harz im wahrsten Sinne des Wortes auf den Leim gegangen seien, berichtet Eugen. Dank diesem Verhängnis sei ihre Gestalt, in honigfarbenen Bernstein eingegossen, über Jahrmillionen hinweg erhalten geblieben. Er selber habe in der Nähe von Königsberg ein schönes Exemplar gefunden, das er ihr beim nächsten Treffen gerne zeigen würde.

Klara rollt den Stein von der Größe eines Karamellbonbons in den Fingern hin und her. Aus dem versteinerten Harz heraus starrt sie die Mücke mit riesigen Augen an. Sechs feingliedrige Beine wachsen aus ihrem Leib, die Flügel sind filigranes Geäder. »Zwischen zwanzig und sechzig Millionen Jahre alt ist dieses Insekt.« »So alt?« Eugen lacht. »Ja, doch, so alt.« Klara wundert sich und staunt. Auch über die deutsche Konkurrenz weiß dieser junge Mann Bescheid. Bei einem Praktikum in Berlin habe er die Funktionsweise des Bensonkessels kennengelernt, erklärt er ihr. Es handle sich bei diesem neuartigen Kesseltyp um einen Dampferzeuger mit Überhitzer, der eine Spitzentemperatur von dreihundertvierundsiebzig Grad Celsius erreiche. Für Mathematik habe er sich schon immer interessiert, vom ersten Schultag an sei er in diesem Fach Klassenbester gewesen. Später, in Strelitz und Oldenburg, habe er zusätzlich Abendkurse belegt. Seine Studentenzeit wird ihm, wie er diese Ortschaften nennt, gegenwärtig: seine Kollegen, mit denen er herumtingelte, die hübsche Elfriede, der er auf Anraten seines Vaters einen Korb gab, die Begegnung mit Adolf Hitler, als dieser auf dem Oldenburger Pferdemarkt eine Rede hielt. An der Abendveranstaltung, zu der auf dem Flugblatt eingeladen worden war, sprachen auch Goebbels und der blassgesichtige Sohn des deutschen Kaisers, Prinz August Wilhelm, Auwi genannt. – Eugen bleibt stehen. Hier gefalle es ihm aber tausendmal besser als in Deutschland, sagt er zu Klara. Im Zürichsee habe er Schwimmen gelernt. Die Schweiz sei sein Mutterland.

Ob sie Lust habe, ihn auf einer Spritzfahrt mit seiner Harley-Davidson zu begleiten? Das muss sich Klara nicht zweimal überlegen. Schon streift sie sich den Helm über den Kopf und nimmt im Seitenwagen Platz. Der Motor knattert und knallt, der Sitz vibriert. »Neunzig Stundenkilometer legt diese Maschine hin, bergab sogar hundert«, ruft Eugen. Klaras Zöpfe flattern im Wind, als sie über die Moränenhügel hinweg zum Rheinfall flitzen.

Es sei im Sommer 1933 gewesen, wenn er sich recht erinnere, nach einem Abendkonzert, das im Schlosshof einer mittelalterlichen Burg stattgefunden habe, als er

Fräulein Spahn auf dem Nachhauseweg gefragt habe, ob sie seine Frau werden wolle ... – und ich sehe einen gealterten Mann vor mir, der sich mit der Hand über die fleckenreiche Glatze streicht, von der Stirn aus zum Hinterkopf. Nach einer Weile setzt er den Stift erneut aufs Papier. *Eh bien,* schreibt er im nächsten Satz, in seinem Alter sei es ein Leichtes zu sagen, man hätte es sich vorher gut überlegen sollen. Zeit dazu hätte er gehabt. Fräulein Spahn sei nach der Verlobung für drei Monate nach England gefahren, um ihre Sprachkenntnisse zu vervollkommnen. *Mais si on est jeune ...*

Ausweisung

In Budapest wechselte ich den Zug. Wieder hatte ich ein Abteil für mich allein, und wie zu Beginn meiner Reise stellte ich den Rucksack auf das Sitzpolster und setzte mich neben ihn. Ich öffnete den Reißverschluss des Schlafsackfachs und entnahm ihm den Ordner mit Großvaters Memoiren. Ein gelber Post-it-Zettel wies auf die Seite hin, wo ich die Lektüre unterbrochen hatte.

Die Hochzeit meiner Großeltern, so las ich, fand im Herbst 1933 in der Schweiz statt, und da Eugens Eltern wegen der Krankheit seiner Mutter nicht anreisen konnten, fuhr das frisch vermählte Paar auf seiner Hochzeitsreise nach Berlin. Zurück in der Schweiz ging alles seinen gewohnten Lauf. Eugen arbeitete weiter bei der Firma Hofer AG, während sich Klara um den Haushalt kümmerte. Man unternahm Ausflüge, Silvester feierte man mit Freunden in einer Berghütte. *Wir führten,* schrieb Großvater, *ein unbeschwertes Leben.*

Ein schleifendes, stärker werdendes Geräusch unmittelbar neben mir schreckte mich auf: Der Rucksack war auf die Sitzfläche gekippt, gerade so, als wäre er eingenickt. Als ich weiterlas, fielen mir die Zwischenräume zwischen den Buchstaben auf, die unbeschriebenen Stellen auf dem Papier. Und wie auf einer Polaroidfotografie entwickelte sich in meinem Kopf Großmutters altes Gesicht, ausgezehrter und fleckenreicher als jenes, das ich als Teenager mit meinen Blicken abgeschossen hatte, als wir aneinandergerieten und Grenzlinien gezogen wurden. – »Ich werde dir nichts über die Zeit in Rumänien erzählen! Gar nichts! Und über die Zeit davor auch nicht.« »Aber warum denn?«, fragte ich erneut. Und Großmutter in meinem Kopf antwortete, was sie damals geantwortet hatte: »Weil ich damit abgeschlossen habe!«

»Schau«, sagte sie nach einer Weile. Ihre Stimme hatte einen versöhnlichen Tonfall angenommen. »Ich hatte die Wahl: Entweder ich ziehe ein Leben lang eine Schnur mit Konservenbüchsen hinter mir her, die einen höllischen Krach veranstalten, oder ich schneide diese Schnur mit einer Schere entzwei.« Zeige- und Mittelfinger führten vor, wie sich die Schere öffnete und schloss und – schnipp schnapp – eine unsichtbare Schnur durchtrennte. »Ich wollte meine Ruhe haben. Das ist mein gutes Recht.«

Der Brief der eidgenössischen Fremdenpolizei traf uns wie ein Blitz aus heiterhellem Himmel. Er enthielt die Nachricht, dass der Schweizer Arbeitsmarkt keine Ausländer mehr verkrafte. Meine Arbeitsbewilligung werde daher nicht verlängert. Ich müsse bis am 31. Dezember 1935 aus der Schweiz ausgereist sein.

Großvater rekurrierte, so las ich, mithilfe eines Rechtsanwaltes und beantragte die sofortige Einbürgerung. Er sei in der Schweiz geboren, habe in diesem Land die Primarschule besucht, seit drei Jahren arbeite er für ein international erfolgreiches Schweizer Unternehmen. Sowohl seine Mutter als auch seine Frau seien Schweizerinnen. Ein Großteil der nächsten Verwandtschaft lebe in der Schweiz, nämlich seine Tanten und Onkel mütterlicherseits, seine Cousinen, die Schwiegermutter und die Schwägerin. Schweizerdeutsch sei seine Muttersprache. Hier sei er verwurzelt. Der Rekurs wurde abgelehnt.

Meine Frau brach in Tränen aus. Und mir blieb nichts anderes übrig, als tags darauf dem Direktor der Hofer AG mitzuteilen, dass ich aufgrund eines politischen Entscheides die Schweiz per Ende Jahr verlassen müsse. Die Firma habe kein Interesse daran, mich zu verlieren, antwortete mir dieser und schlug vor, mich in einer deutschen Filiale als Spezialist für Heißwasser weiterzubeschäftigen. Ich zögerte. Schließlich machte ich geltend, dass mich meine Frau nicht nach Deutschland begleiten würde, da sie eine starke Aversion gegen das dortige Regime empfinde. – »Und wie wäre es mit Rumänien?«, fragte der Direktor. »Bei unserer Hofer-Tochter in Bukarest wären sie doch bestens aufgehoben.« – Was für eine Überraschung! Das Königreich Rumänien hatte mich schon immer fasziniert, seit Studienzeiten. Ich sagte sofort zu.

Ich schloss den Ordner und blickte durch das Fenster in die Landschaft hinaus, eine mit Büschen und einzelnen Bäumen bewachsene Fläche, darüber ein schier endloser Himmel. Diesen Ausblick hatte auch Großmutter gehabt, als sie ihrem Mann nach Bukarest nachreiste.

Ich rechnete. Damals war sie zehn Jahre jünger als ich, eine Frau Mitte zwanzig namens Klara Geck. Vermutlich hatte sie ein Deux-Pièces getragen, einen Jupe und ein dazu passendes Jackett. Ein Reisekostüm. Und bestimmt war sie, wie ich, etwas angespannt gewesen, denn auch sie konnte nicht wissen, was sie in Rumänien erwartete.

Orient-Express

Klara tat einen tiefen Atemzug. Ob sie bis nach Bukarest fahre, hatte der Schaffner gefragt. Ein Schnurrbart verdeckte seine Oberlippe. Die Augen waren gerötet, und das untere Lid fiel ein wenig ab. Wie bei einem Bernhardinerhund, dachte Klara. Weshalb schaute er sich den Fahrschein so lange an? War damit etwas nicht in Ordnung? Sie hatte sich doch extra an einem zweiten Schalter erkundigt, ob der Arlberg-Orient-Express ab Zürich … »Ihren Reisepass bitte!« »Aber ja, natürlich.« Sie zog das gewünschte Dokument aus der Handtasche und reichte es dem Schaffner. Sein Blick sprang blitzschnell zwischen dem Pass und ihr hin und her. »Sie sind Deutsche?« »Durch Heirat«, antwortete Klara. »Ich war Schweizerin«, erklärte sie. »Durch die Heirat mit einem Deutschen bin ich Deutsche geworden.« Der Schaffner blätterte im Pass. »Sie reisen allein?« »Mein Gatte erwartet mich in Bukarest.« Er empfehle, den Speisewagen aufzusuchen. Der Speisewagen, sagte der Schaffner und knipste ein Loch ins Ticket, befinde sich zwei Waggons weiter in Fahrtrichtung. Ein vortrefflicher Ort, um die lange Fahrt mit einer Mahlzeit oder einem Getränk zu verkürzen. Der Kaffee habe übrigens einen orientalischen Geschmack. Ein richtiger Türkenkaffee sei das, obwohl die Arlberg-Linie nicht nach Istanbul fahre. Aber auch in Rumänien gebe es viele Muselmänner, sie werde sehen. Und er reichte ihr Pass und Fahrkarte mit einer Verneigung, die eine Schulung der Umgangsformen erkennen ließ.

Sie schlug das Buch auf, das sie gerade las, einen Kriminalroman ihrer Lieblingsautorin Agatha Christie. Doch ihre Gedanken kamen ins Rutschen, und schon bald legte sie das Buch wieder weg und sah in die Fläche hinaus, durch die sich der Zug stampfend und von schrillen Schreien begleitet vorwärtskämpfte: ein grünes Meer, über das der Wind fegte und das manchmal von beiden Seiten her gegen den Zug brandete. Bäume und Büsche verschwammen vor ihren Augen, wurden zu Flecken, die vorbeiflitzten, zurück, immer zurück.

Auch die Tapete im Wohnzimmer ihrer Schwiegereltern war grün gewesen. Senkrechte Streifen in Lindgrün, Gold und Creme. Sie erinnerte sich an den Geruch der Gelenksalben, der die Wohnung in Berlin-Spandau beherrscht hatte. Ein lebensfeindlicher Geruch, wie sie fand, der sie beelendet, ja angeekelt hatte und der von einer Frau ausging, mit der ihr Mann sie bekanntmachte. Eugens Mutter saß in einem mit vielen Kissen ausgepolsterten Lehnstuhl, eine Wolldecke über den Knien, das schüttere Haar zu einem Knoten geflochten, und hob mühsam den rechten Arm. »Grüezi«, sagte sie. Im Grau ihrer Augen glänzte das Fieber. Und während Eugen in die peinlich gewordene Stille hineinplatzte, von der Reise erzählte und über das Wetter redete – eine Föhnlage, die auch ihm zu schaffen mache –, sah sich Klara im Wohnzimmer um. Bis sie den Blick bemerkte, der sie inspizierte. Neben Hitlers goldgerahmtem Porträt stand, Frisur und Schnäuzchen vom Führer kopiert, Franz Geck und musterte sie mit einem Ausdruck offensichtlichen Missfallens.

Konnte das sein Ernst sein? Sie traute ihren Ohren nicht! Eugen hatte vor versammelter Runde damit begonnen, seinem Vater Auskunft über ihre Verwandtschaft zu erteilen. Die Daumen steckten in seinen Hosentaschen, und wie ein Kind, das ein Sprüchlein vorträgt, wippte er von den Fußballen auf die Zehenspitzen und wieder zurück: »Ihr Stammbaum, Vater, ist einwandfrei. Ihre Mutter Josephine Spahn ist eine geborene Knödel aus Süddeutschland und war mit dem ebenfalls aus Süddeutschland stammenden Julius Spahn verheiratet gewesen. Dieser hatte sich 1914 in die Schweiz eingebürgert und ist leider zwölf Jahre später an einer Blutvergiftung gestorben.« »So?«, machte Franz Geck, ohne den misstrauischen Blick von Klara abzuwenden, »war er sich zu schade, für sein Vaterland zu kämpfen?« Er fixierte die Gemahlin seines Sohnes. »Und wie ist sie getauft?« »Katholisch«, antwortete Eugen. »So? Katholisch? Und was ist mit den Großeltern? Und den Urgroßeltern?« »Meine Großmutter mütterlicherseits war eine Negerin und die Urgroßeltern gehörten zum Stamm der Sioux. Das sind Indianer.« Klara hatte ihre Stimme wiedergefunden und konterte ungefragt. »Und bei allem Respekt«, sie spürte einen Kloß im Hals: »Unterstehen Sie sich, meinen Vater zu beleidigen. Er war ein höchst ehrenwerter Mann.«

All das kam ihr wieder in den Sinn, während hinter dem Fenster die Landschaft vorbeizog. Sie suchte in ihrer Handtasche nach der oval zugeschnittenen Porträtfotografie ihres Vaters, die ihr die Mutter im letzten Moment auf die Reise mitgegeben hatte. Julius Spahn hatte schwarze Locken gehabt, eine hohe Stirn und einen gezwirnten Schnurrbart. Er war ein Tierfreund gewesen. Neben seiner Arbeit als Wirt züchtete er Bernhardinerhunde und war Mitglied beim ornithologischen Verein. Klara erinnerte sich, wie sie auf den sonntäglichen Waldspaziergängen nach dem Specht Ausschau hielten, der irgendwo am Hämmern war, die Variationen im Gesang einer Amsel zählten oder sich gegenseitig auf einen Eichelhäher oder ein Rotbrüstchen aufmerksam machten. Bis es Julius aus dem Leben riss. Drei Tage kämpfte er gegen Schüttelfrost und Fieber. Einen Tag vor ihrem fünfzehnten Geburtstag war er tot.

»Das hätten Sie sich auch nie träumen lassen, dass Ihre Älteste einmal nach Rumänien auswandern muss«, sagte sie zur Fotografie. Wie oft hatte sie versucht, ihren Mann davon zu überzeugen, sich einzubürgern. Doch Eugen hatte stets den Kopf geschüttelt. »Nein, Klärli. Wir können uns das schlicht nicht leisten.« Das war sein Standardsatz gewesen. Und insistierte sie, so antwortete er: »Was ändert es denn, ob wir auf dem Papier Deutsche oder Schweizer sind? Der Hakenkreuz-Karneval dort oben zieht vorbei, mach dir da keine Sorgen.« Einmal – sie hatten Otto Kunz zum Essen eingeladen –

hatte er allerdings noch etwas gesagt, was ihr nicht mehr aus dem Kopf ging. Kunz, von Beruf Polizist, brachte nicht nur einen gesunden Appetit mit, sondern auch jede Menge Geschichten von Dieben und Verkehrssündern, die umso lustiger und skurriler wurden, je mehr er getrunken hatte. Die zweite Flasche war schon fast leer, als sich Kunz mit der Serviette über den Schnurrbart strich und dann – etwas sprunghaft – auf die allgemeine Wehrpflicht zu sprechen kam. Weshalb sich Geck eigentlich nicht längst eingebürgert habe, wollte er wissen. Eugen bekundete seine tiefe Verbundenheit zur Schweiz und beklagte wie gewöhnlich die hohen Kosten, die eine Einbürgerung verursachte. Er bot seinem Freund eine Zigarre an. Ein Streichholz flammte auf. Kunz streckte den Hals, Geck tat es ihm gleich. Ein Schwefelfaden zog durch die Luft. »Und wer weiß«, er ließ den Rauch durch die Nase entweichen, »vielleicht kommt es mir und der Schweiz eines Tages zugute, wenn ich Deutscher bleibe. Bei den derzeitigen Entwicklungen können enge Beziehungen zwischen den beiden Ländern doch eigentlich nur von Vorteil sein. Je familiärer, desto besser. Glauben Sie nicht auch?« Kunz lächelte auf eine distanzierte, undurchsichtige Weise, und Geck lachte sein tonloses Lachen, das an schnelles Schnaufen erinnerte.

Ein langgezogener schriller Pfiff übertönte das Stampfen der Kolben. In der Tür zum Speisewagen blieb Klara stehen. Die Waggonwände waren mit Holz verkleidet –

von senfgelbem Ocker über rötliche, braune bis hin zu fast schwarzen Farbtönen –, Einlegearbeiten, wie sie Klara einmal bei einem Salontischchen im Burgmuseum gesehen hatte. Die Hölzer waren so präzis geschnitten und zusammengesetzt, dass es den Anschein machte, die Blumenbilder seien gemalt. Ein weißlicher Schimmer lag auf dem Holz, dazwischen glänzten im Licht kleiner Lampenschirme, die aussahen wie Puffärmel, Silberblumen. Ein Kellner führte sie zu einem Zweiertischchen, rückte den Stuhl, als sie sich setzte, zum Tisch und nahm die Bestellung auf. Ob die Dame ein Stück Kuchen zum Kaffee wünsche, erkundigte er sich. Vielleicht wendet sich ja doch alles zum Guten, dachte Klara. Und als wollte sie sich nochmals vergegenwärtigen, was ihr Mann aus Rumänien berichtet hatte, suchte sie in der Handtasche nach seinem Brief. Den Umschlag legte sie auf die weiße, mit weißen Blumen bestickte Tischdecke und entfaltete die drei Papierbogen.

Als Erstes fragte er, ob sie den gemeinsamen Hausrat habe verkaufen können, wobei er nochmals auflistete, wie hoch er den Wert der einzelnen Stücke einschätzte. Diese Angelegenheit hatten sie vergangene Woche besprochen, als er sie angerufen hatte. Für die Stehlampe hatte sie keinen Abnehmer finden können, trotz des schönen Schirms. Auch das Geschirr, den Teppich und die Stühle hatte sie auf dem Dachboden des Wirtshauses zum Heiligen Georg verstauen müssen. Einzig die

Kommode und das Ehebett hatten sich verkaufen lassen, dazu das Bücherregal, allerdings zu einem viel zu tiefen Preis, wie ihr Mann reklamiert hatte.

Er sei in Bukarest sehr herzlich empfangen worden, schrieb er im Brief. Der Direktor persönlich habe ihn dem Personal vorgestellt. Er arbeite hier nicht nur mit Schweizern und Deutschen zusammen, sondern auch mit Rumänen, die weder Deutsch noch Französisch sprächen. Daher habe er bereits angefangen, Rumänisch zu lernen.

Kurt Schmid, ein Kollege, der vergangenes Jahr nach Bukarest versetzt worden sei, habe ihn mit dem Präsidenten des Schweizervereins, einem gewissen Herrn Ingenieur Ackermann, bekannt gemacht. Er verstehe sich fabelhaft mit Ackermann. Dieser habe ihm ein Geschichtsbuch gezeigt, das er über die Schweizerkolonien in Rumänien geschrieben habe, und ihn als Mitglied im Schweizerverein aufgenommen, was nur von Vorteil sein könne.

Sie brauche sich also keine Sorgen zu machen, schrieb ihr Mann, vereinsamen werde sie in dieser prächtigen Stadt, die auch Paris des Ostens genannt werde, bestimmt nicht, auch wenn er selber knietief in der Arbeit stecke. Im Gegensatz zur Schweiz herrsche in Bukarest nämlich Aufbruchstimmung. Es handle sich um eine wachsende Metropole, überall werde gebaut und renoviert, die Hofer Bucureşti werde von Aufträgen geradezu überschwemmt. Direktor Ingenieur Schwarz, ein zurückhaltender, besonnener und sicherlich sehr kluger Mann, habe ihm gleich am ersten Tag ein anspruchsvolles Projekt anvertraut: die Konzeption einer Zentralheizung in einem modernen Wohnblock an der Sieges-Chaussee, der Calea Victoriei.

Über die Ostertage habe er die Stadt verlassen und sei auf dem Dach eines Busses nach Balcic ans Schwarze Meer gefahren. In einem Teich habe er bunt schillernde Fische entdeckt, deren Flossen ihn an Lilienblüten erinnert hätten. Nichts Böses ahnend sei er am Ufer spaziert, da hätten sich mit einem Mal die aus dem Wasser ragenden Felsen zu bewegen begonnen. Verwundert sei er stehen geblieben, bis er bemerkt habe, dass ihn Hunderte von Krabbenaugen anstarrten. »Die Nacht«, schrieb Eugen, »zauberte ein Sternenzelt über das Meer, wie ich es noch nie gesehen habe. Da vernahm ich ein Murmeln, das sich aus mehreren Stimmen zusammensetzte, dazwischen knisternde und knackende Geräusche. Hinter einem Hügel stieß ich auf eine Gruppe türkischer Fischer. Die Männer saßen, in weite Gewänder gehüllt, im Schneidersitz um ein Feuer herum. Auf den Köpfen trugen sie Turbane, und neben ihnen lag im Sand eine Schlange mit weit aufgerissenem Maul ...«

»Verzeihung.« Der Mann, der neben Klaras Tischchen stand, räusperte sich. »Verzeihung, gehört das Ihnen?« Klara sah auf. »Bitte sehr«. »Oh«, antwortete sie, als sie den Briefumschlag sah. Der Fremde wischte mit dem Handrücken über eine kaum sichtbare Linie, die zwischen der Adresse ihrer Mutter, Josephine Spahn,

Restauration zum Heiligen Georg, und der in Bukarest abgestempelten Briefmarke verlief. »Er lag am Boden, ich bin versehentlich darauf getreten.« »Danke, danke sehr«. Klara griff nach dem Umschlag, ohne den Blick vom Gesicht dieses Mannes, der sie auf Schweizerdeutsch angesprochen hatte, abzuwenden. Von irgendwoher war es ihr vertraut. Dunkle Augen, glattrasiertes Kinn, eine hohe Stirn, und oberhalb der Schläfen erste Ansätze von Geheimratsecken. »Sie reisen nach Bukarest?«, fragte er. Klara errötete. »Sie auch?«

Grenzübergang

Es ruckte, der Zug hielt an. In meinem Abteil war es nahezu unerträglich heiß und stickig geworden. Aus dem Stoffbezug drang ein säuerlicher Geruch nach Schweiß, verschütteten Getränken und erkaltetem Zigarettenqualm. Ich rüttelte an den beiden Fenstergriffen, zerrte daran, hängte das Gewicht meines Körpers hinein und erreichte schließlich, dass sich das Fenster einen Spaltbreit öffnete. Mit der Faust schlug ich gegen die Scheibe, durch die ein Sprung ging, doch weiter war nichts auszurichten.

Der Schweiß rann mir in Bächen den Rücken hinunter. Von draußen strömten weitere Gerüche ins Abteil herein: Es roch nach verdorrtem Gras und Kuhmist. Neben den Schienen quoll in weißen und rosaroten Punkten blühender Klee aus dem Schotter. Die Straße beim Bahnübergang flirrte.

Ich suchte nach dem hellgrünen Halbkarton, den ich zusammen mit ein paar weiteren Dokumenten und Fotografien eingepackt hatte, einem Ausweis, der Großmutters Mitgliedschaft beim rumänischen Tennisclub bescheinigte. Er war etwas größer als eine Visitenkarte und mit der Jahreszahl 1941 datiert. Auf der Rückseite des Ausweises klebte eine in der unteren rechten Ecke gestempelte Porträtfotografie. Großmutters schwarzes Haar war straff nach hinten gekämmt, und ihr leicht gekrümmter Nasenrücken zog sich in

Richtung der Lippen, die auf der Schwarz-Weiß-Aufnahme dunkel hervorstachen. Die Augenlider waren halb geschlossen, und das Schattengrau unter den Augen verlieh ihrem schmalen Gesicht einen rätselhaften Ausdruck. Auf der Rückseite des Ausweises stand, von Hand geschrieben, die Wohnadresse: Strada Dr. Ciru Iliescu Nr. 18.

Auf keinem der Stadtpläne von Bukarest, die ich mir im Reisebuchladen hatte geben lassen, fand sich eine Straße mit dem Namen Dr. Ciru Iliescu. Auch unter den Buchstaben C und I wurde ich nicht fündig. Die Straße, an der meine Großeltern gewohnt hatten, war verschwunden. Und in der Hitze des stehenden Zuges kam mir Mutters Gesicht – und seine Verwandlung – in den Sinn, eine Art Verpuppung. »Spiel die Mumie!«, lautete der Befehl, der dieses Gesicht in eine Fratze verwandeln konnte. »Spiel die Mumie!«, hatte ich als Kind immer wieder geschrien, und meine Arme und Beine hatten vor Aufregung gezappelt, in grausiger Erwartung, dass jeden Moment geschähe, was ich gefordert hatte. »Muttermumie! Muttermumie!« Auf einmal brach Mutters Redefluss mitten im Satz ab. Ihr Hals wurde lang und steif, ihr Gesicht verzerrte sich, und ein gellender Schrei schoss aus mir heraus, als sie sich mit einem Ruck erhob. Ich starrte in ihr gelbes Gesicht, ein böses Gesicht, die Mundwinkel zeigten nach unten, eine Reihe krummer, gelblich grauer Zähne war zu sehen, auf denen Speichel glänzte. Sie hatte den Kopf in den

Nacken gelegt, das Haar durchwühlt, und unter dem nach vorn geschobenen Kinn traten seitlich kantige Sehnen hervor. Am fürchterlichsten aber waren die Augäpfel, die hinter der Brille anschwollen und riesig wurden, während das Monster mit roboterhaften Schrittchen auf mich zukam. Mit dem zweiten Schrei zerriss ich die Eisschicht, die sich über meine Nerven und Muskeln gelegt hatte. Ich machte rechts umkehrt und stürmte in mein Zimmer. Vom Bett aus stierte ich zur Tür, wo jeden Moment ... Da! Die Muttermumie! Sie presste die Arme an den Körper und näherte sich mit kleinen, mechanischen Schrittchen, wobei ihr Körper bei jedem Schritt wie ein Brett hin- und herschwankte. Zuoberst, auf dem von Sehnenschnüren gehaltenen Hals, hockten die Kugelaugen. Schon berührte ihr Fuß, eine Klaue, den cremefarbenen Spannteppich, auf dem auch mein Bett stand. Ich schrie aus Leibeskräften und drückte den Kopf ins Kissen. Da hörte ich sie lachen und meinen Namen rufen: »Debora!«, rief sie. Ihr Lachen klang wie Glockengeläut. Ich guckte hinter dem Federbett hervor. Sie streckte die Hand nach mir aus: »Ich bin's doch.« Und ich wollte schon aufatmen und die hingestreckte Hand greifen, da schnellte sie zurück, und die Mumie mit der unheimlichen Fratze, an der nichts Menschliches war, ruckelte noch näher zu mir hin.

Der Zug fuhr an, beschleunigte seine Geschwindigkeit und ratterte im Abendlicht durch die schier endlose

Ebene. Irgendwo in dieser Fläche verlief die Grenze zu Rumänien. So war es auf der Landkarte eingezeichnet. Sehen konnte ich sie nicht.

II

Ankunft

»Wo bist du?«

»Hörst du Bukarest?«

Ich hielt den Hörer zur Straße hin.

»Wirklich?«

»Glaubst du mir nicht?«

Neben mir heulte eine verrückt gewordene Autosirene auf, hoch, tief, hoch, tief, ein Eselsschrei, der vom Trillern eines Kanarienvogels abgelöst wurde, in ein gepresstes Trällern überging und schließlich in ein hohes Signal mündete. Dieses nahm, von kurzen Pausen durchsetzt, immer wieder Anlauf, wie die akustische Untermalung einer Berg- und Talbahn, die noch einmal tüchtig an Geschwindigkeit zulegt, bevor sie zum Stillstand kommt. – Natürlich glaube sie mir, antwortete meine Mutter. Sie sprach leise, in ihrer Stimme lag eine Spur Bitterkeit, und mir stockte der Atem, als sie sagte: »Damals waren andere Sirenen im Einsatz!«

Ein dünner Ton, der anschwoll, hoch und durchdringend wurde und wieder an Höhe verlor, um erneut anzuschwellen, ein gebündelter Ton, der von überall her aus unsichtbaren Lautsprechern quoll und blechern klang. Ich kannte die Sirenen, die damals im Einsatz waren, aus meiner eigenen Kindheit. Ihr Testgeheul machte nirgends Halt. Nicht vor der Schweizer Landesgrenze und auch nicht vor der Stadt, in der wir lebten. Immer wieder ist es in unsere Wohnung eingedrungen. Beim ersten, noch fadendünnen Ton verzerrte sich Mutters Gesicht wie beim Mumienspiel. Die Farbe ihrer Haut wurde fahl, ihre Augen öffneten sich sperrangelweit, das Tablett glitt ihr aus den Händen, fiel scheppernd zu Boden, eine Tasse zerbrach, Flüssigkeit verschüttete, und der Ton schwoll bereits zum zweiten Mal an, als ihre starken Beine zu rennen begannen. »He!«, rief ich und rannte hinter ihr her, »so warte doch!« Ich versuchte, den plissierten Rock zu greifen, der um ihre Beine flatterte, doch sie war schneller, schlug die Schlafzimmertür hinter sich zu und drehte den Schlüssel zweimal im Schloss. Meine Fäuste hämmerten gegen das weiß lackierte Holz, hinter dem die Rollläden herunterratterten und auf dem Sims aufknallten. »Geh spielen!«, rief Mutter. »Lass mich bitte, bitte allein!« Ich presste das Ohr ans Schlüsselloch, lauschte. – Hinter dieser Tür lag Bukarest: ein Keller. Und aus dem Keller drang das Weinen meiner Mutter, der ich nicht helfen konnte.

Die Stadt habe sich seither wohl stark verändert, sagte ich und schirmte die Muschel mit der Hand ab, damit die Autosirene für Mutter weniger gut hörbar war. »Gewiss«, antwortete sie. Ich solle vorsichtig sein und bald wieder anrufen.

Ich hängte den Hörer in die Gabel des auf Brusthöhe installierten Apparats. War ich wirklich in Bukarest? GARA DE NORD las ich im Morgenlicht auf der Frontseite des Bahnhofsgebäudes, einem Flachdach, das von Säulen getragen wurde. Auf den Zierrat der Antike hatten die Architekten verzichtet. Kein schmuckes Kapitell, keine Spitzgiebel, keine Diagonale. An der Horizontale und an der Vertikale hingegen gab es nichts zu rütteln, und es war der rechte Winkel, der in seiner Wiederholung dieses Gebäude unverrückbar machte. Die Autos und Busse, die den Platz umrundeten, wirkten im Vergleich zu diesem Klotz wie orientierungslose, vom Wind herbeigewehte Käfer.

Hier, am Nordbahnhof, mussten auch meine Großeltern angekommen sein. Eugen kam im Winter, Klara folgte ihm im Frühjahr. Er wird sie abgeholt haben. Vielleicht haben sie ebenfalls ein Taxi genommen, dachte ich, als ich in einen herbeigewinkten gelben Wagen einstieg. Ein schwarzer Cadillac wird es gewesen sein, ein Automobil der Zwischenkriegszeit, das noch keine aerodynamischen Formen kannte, sondern mit der senkrecht eingesetzten Frontscheibe und einem Trittbrett, das Klara den Einstieg erleichterte, den Umrissen einer Kutsche nachempfunden war. Das Ersatzrad war neben der Kühlerhaube befestigt und schien auf dem Schutzblech zu stehen, das sich seinerseits schwungvoll über das Vorderrad wölbte. In einem solchen Gefährt wird Klara Platz genommen haben, um zu jener Straße geführt zu werden, die auf keinem Stadtplan Bukarests verzeichnet war: zur Strada Dr. Ciru Iliescu.

Der Taxifahrer, ein hagerer Mann mittleren Alters, starrte auf den Zettel, auf dem die Adresse meiner Unterkunft stand. Im Rückspiegel konnte ich mitverfolgen, wie seine schwarzen Brauen über dem Nasenansatz zusammenwuchsen und sich sein Blick verfinsterte, als hätte ich ihm eine schlimme Nachricht übermittelt. Während er mit dem Handrücken über die weißen Bartstoppeln schabte, formten die Lippen die Wörter, die er las. Schließlich gab er mir den Zettel zurück, schaltete das Taxameter ein und löste die Handbremse. »Okay?«, fragte ich und erhielt zur Antwort einen Seufzer.

Bald schon begann ein Hupkonzert zu wüten, an dem sich mein Fahrer beteiligte, indem er das Steuerrad des Dacia mit Schlägen traktierte und der Hupe ein blechernes Tuten abtrotzte. Dazu fluchte er und verwarf die Hände. Eine Autoschlange hatte sich, aus einer Querstraße kommend, in die Kolonnen der Hauptstraße verkeilt. Wir steckten fest.

Der Fahrer zündete sich eine Zigarette an und kurbelte das Fenster hinunter. Er hatte zu fluchen aufgehört und ließ die Hand mit der Zigarette zum Fenster hinaushängen. Wann immer sich die Gelegenheit bot, ein paar Meter vorwärtszukommen, betätigte er die Kupplung und trat mit dem Fuß aufs Gaspedal, worauf das Kreuz, das am Rückspiegel befestigt war, hin- und herbaumelte. Ich kam nicht umhin, mich an Mexiko-City erinnert zu fühlen, wo ich, noch keine zwanzig, nach den Spuren der Azteken gesucht hatte. Im Verkehrschaos Mexiko-Citys hatte ich mich frei und zugleich beschützt gefühlt. Ich gewöhnte mich sogar an den Geruch nach Fäulnis, der in den Sommermonaten aus der Kanalisation aufstieg und sich mit den Abgasen vermischte.

Durch die von Schmutzpartikeln getrübte Scheibe hindurch blickte ich an den Fassaden hoch, die nun wieder an uns vorbeizogen. Über der Straße waren Kabelstränge gespannt, ein Wirrwarr aus unzähligen schwarz ummantelten Leitungen, die zusammengenommen etwa die Dicke eines Baumstammes hatten. Einzelne Kabel zweigten vom Strang ab und führten durch die Fenster in die Häuser hinein. Andere waren gekappt und hingen wie Lianen zum Gehsteig herunter. Ein brüskes Bremsmanöver drückte mich gegen den Vordersitz. Ungehalten hupte der Taxifahrer das Auto vor uns an, das Kreuz schlug heftig aus. Erneut war kein Vorankommen mehr, und ich fragte mich, ob es sich um die nämliche Stelle handelte und der Chauffeur im Kreis herumfuhr.

Unsere Blicke trafen sich im Rückspiegel. »Traffic«, sagte der Taxifahrer mürrisch und steckte sich eine weitere Zigarette an. »Much traffic!«

Der Morgendunst hatte sich aufgelöst, und die Sonne übergoss die Stadt mit grellem Licht, als wir in eine Seitenstraße einbogen. Der Lärm verebbte, und mit ihm verschwand auch die Hektik, die von den entgegenkommenden und sich überholenden Fahrzeugen ausgegangen war. Eine Art Hinterhof-Szenerie tat sich auf. Wir holperten über den Asphalt, der zahlreiche Löcher aufwies. Beidseits der Straße standen parkierte Autos mit zum Teil kaputten Windschutzscheiben und fehlenden Pneus. Unrat hatte sich in den zerschlissenen Sitzpolstern eingenistet, nackte Felgen drückten ihre Kanten in den Asphalt. Die Fenster und Türen einzelner Häuser waren mit Holzlatten zugenagelt. In Schieflage geratene Balkone wurden notdürftig von Eisenstangen und Holzpfählen gestützt, und vor einem mit Wellblech umzäunten Grundstück spielten Kinder in zerlumpten Kleidern Ball. Auf der anderen Straßenseite, bei der Einfahrt einer Autowaschanlage, standen ein paar Männer und tranken Dosenbier. Einer zeigte zum Kran hinauf, der zwei Häuser weiter wie ein Galgen über einer Baustelle aufragte. Eine Tafel kündete in Wort und Bild die Entstehung von Apartment-Hotels an. Wir umrundeten einen kleinen Platz. Gurken, Zwiebeln und Tomaten lagen in Kisten auf dem Gehsteig. Über der Tür eines Geschäfts las ich das Wort Brutărie, eine kleine, barocke Kirche zog vorbei und hinter ihr ein dunkelgrauer Wohnblock, der das Kirchlein an Höhe übertraf. Der Taxifahrer reduzierte die Geschwindigkeit abermals und bog in eine noch schmalere Seitenstraße ein. Die letzten hundert Meter rollte das Auto im Schritttempo. Vor der Nummer 21 hielt es an.

Die Adresse, an der ich vorübergehend wohnen sollte, hatte auf dem Absender eines Briefes gestanden, den eine gewisse Emmy Schmid meiner Großmutter nach Kriegsende in die Schweiz geschickt hatte. »Liebes Klärli«, hatte Emmy geschrieben, »ich habe ein schlechtes Gewissen, aber mitteilen muss ich es Dir trotzdem. Die Kisten, die Du mir zur Aufbewahrung anvertraut hast, sind verschwunden! Und anderes dazu. Du kannst Dir denken, welchen Schreck ich ausgestanden habe, als ich dies bemerkte. Doch alles Jammern nützte nichts. Sie kamen nicht wieder zum Vorschein.«

Der Taxifahrer hatte meinen Rucksack aus dem Kofferraum gehoben und beim Eisenzaun abgestellt, der an die Schmalseite des Hauses mit der Nummer 21 anschloss und zum Nachbarhaus führte. Die beiden Gebäude waren eingeschossig und ähnlich gebaut, und doch unterschieden sie sich wie Tag und Nacht. Die Fassade des Nachbarhauses war fast schwarz und das Dach an mehreren Stellen mit rostendem Wellblech geflickt. Das Haus mit der Nummer 21 hingegen war weiß gestrichen und instand gesetzt. Über den drei straßenseitig ausgerichteten Fenstern prangten wappenähnliche Verzierungen aus Stuck, und an der Hausmauer waren zwei Plaketten befestigt. Auf der oberen stand *New Europe College*, auf der unteren *Schweizerhaus*.

Ich klingelte und nannte, als in der Gegensprechanlage eine Stimme ertönte, meinen Namen. Bald darauf erschien auf der anderen Seite des Zaunes eine dicke Frau mit kurz geschnittenen blondierten Haaren. Ihre Kleider streiften die Autos, die in der Einfahrt parkiert waren, und als sie das Gatter aufschloss, sah ich, dass auf ihrer Stirn kleine Schweißtropfen perlten. Deutsch sprechend stellte sie sich mit dem Namen Buda vor und hieß mich willkommen. Ich schulterte mein Gepäck und folgte ihr, indem ich mich nun ebenfalls zwischen Hausmauer und Autos hindurchzwängte. »Wir haben das Gebäude Mitte der Neunzigerjahre total renoviert«, sagte sie. »Der Verputz war abgebröckelt«, sie zeigte auf das Nachbarhaus, »schlimmer als dort. Fensterscheiben fehlten. Das Dach war undicht. Überall hatte es reingeregnet, Sie können sich ja vorstellen, mit welchen Folgen. Das Mauerwerk war verschimmelt. Ich kann Ihnen Fotos zeigen, wenn es Sie interessiert. Die Zigeuner, die in dieser Ruine wohnten, deponierten ihren Müll hier in der Einfahrt. Plastiktüten, Petflaschen, vergammelter Karton. Es war Winter, als ich das erste Mal hier war. Der Abfallberg war von einer dünnen Schicht Schnee bedeckt. Ein Hund schnüffelte darin herum. Und vor dem Eingang hing ein Schild, auf dem, kaum noch lesbar, aparţinând guvernului eleveţian stand, darunter ein Verbot, das Gebäude zu betreten. Es bestehe pericol de moarte. Sie verstehen Rumänisch?«, fragte Frau Buda, die sehr gut Deutsch sprach. »Wir mussten bis auf die Grundmauern alles abtragen. Doch vorher haben wir die Stuckaturen fotografiert und Gipsabdrücke angefertigt. So war es möglich, den straßenseitigen Teil des

Gebäudes originalgetreu zu rekonstruieren.« Sie ging vor mir her auf den Haupteingang eines Neubaus zu und wies mich auf ein Abziehbild hin, das am Fensterglas klebte. Über dem Schriftzug *Argus* starrte mich ein schematisiertes Auge an. »Es ist wichtig, dass Sie sich an die Vorschriften halten«, sagte Frau Buda. »Wir haben eine Alarmanlage eingebaut.« Sie stattete mich mit Schlüsseln und einem Nummerncode aus und erklärte mir, wie ich die doppelte Sicherheitsschleuse passieren konnte, ohne Alarm auszulösen: »Der erste Schlüssel passt zum Eisentor, der zweite ist für die Eingangstür. In dieses Kästchen tippen Sie den Code ein, und schon öffnet sich die innere Tür. Vertippen Sie sich, drücken Sie die Clearing-Taste. Allerdings dürfen Sie die Zeit nicht überschreiten. Innerhalb von zwanzig Sekunden müssen die Zahlen eingetippt sein, sonst denkt das System, es sei etwas nicht in Ordnung. Sie hören es am akustischen Signal, wenn es geklappt hat.« Frau Buda hielt den Kopf etwas schräg und sah mich prüfend an. Ihr Nicken ließ mich wissen, dass ich die Codenummer korrekt wiederholt hatte. »Und sonst fragen Sie einfach, wenn etwas nicht klar ist«, sagte sie in ihrer freundlichen Bestimmtheit. »Sie sehen also, Sie wohnen hier in einem sehr sicheren Haus.« Ihre kratzige, etwas gepresste Stimme hallte im Eingangsbereich. »Da ist der Vortragssaal«, sagte sie und öffnete zu ihrer Rechten eine graue Tür. Ich spähte in einen bestuhlten Saal, der mit einer kleinen Bühne ausgestattet war, auf der ein Flügel stand. »Diesen Raum haben wir unseren Bedürfnissen angepasst. Aber die straßenseitigen Räume sind so belassen, wie sie Ihre Großeltern gekannt haben. Das Haus können Sie sich später in aller Ruhe anschauen. Allerdings«, fügte sie hinzu, »müssen Sie zuerst die Lichtschranke deaktivieren, sonst steht innerhalb von fünf Minuten die Polizei vor der Tür.« Sie wies mich auf ein weiteres Kästchen hin, das in einer Wandnische versteckt war, lehrte mich noch einen Code, den sie mich zusammen mit dem ersten wiederholen ließ, und schlug dann vor, mir das Apartment zu zeigen.

Am Chromstahlgeländer, das durch ein großzügig angelegtes Treppenhaus führte, haftete ein schwacher Putzmittelgeruch, und im versiegelten Parkett schimmerte das Weiß der Wände. Auf jeder Etage führte ein schmaler Gang mit spalierstehenden Türen vom taghellen Treppenhaus weg in die Dunkelheit. »Hier wohnen unsere Stipendiaten«, sagte Frau Buda, als wir auf dem zweiten Stockwerk angelangt waren. »Die meisten beschäftigen sich mit Identitätsfragen. Regionale und nationale Identitäten in Europa. Das interessiert Sie doch auch. Übernächste Woche kommen sie aus den Sommerferien zurück.« Der Rucksack hing an meinen Schultern, und ich war froh, dass das dritte Stockwerk das letzte war. Frau Buda ging durch den schmalen Gang und blieb an seiner dunkelsten Stelle vor einer Tür stehen. »Hier wohnen Sie«, sagte sie und sperrte die Tür auf. »Ich lasse Sie jetzt allein. Sollten Sie etwas brauchen, so rufen Sie mich. Mein Büro liegt im ersten Stockwerk. Sie werden es finden.« Sie überreichte mir die Wohnungsschlüssel. Bevor sie ging, wies sie mich noch auf den Rauchdetektor und den Rotpunktlaser hin. Letzterer sei dazu da, in meiner Abwesenheit Bewegungen in der Wohnung zu registrieren. Sie rate jedoch, ihn dauerhaft zu deaktivieren, damit nicht versehentlich Alarm ausgelöst werde, wie dies meinem Vorgänger mehrmals passiert sei.

Als Erstes trat ich auf den Balkon hinaus. Er hatte die Tiefe einer Terrasse und vermittelte mir das Gefühl, mich auf einem Schiffsdeck zu befinden. Dazu trug wohl auch das weiße Geländer bei, drei waagrechte, armdicke Stangen, die mich an eine Reling erinnerten. Zwei Plastikstühle waren zum dunkelgrünen Plastiktisch seitlich verschoben, als hätte sie der Wellengang etwas verrückt. Das war alles. Keine Grünpflanze, kein Sonnenschirm, kein Grill. Dafür zog sich der Balkon um die Hausecke herum weiter und bot nicht nur Aussicht auf die birkenbestandene Parkanlage hinter dem Haus, sondern auch auf das Dächermeer Bukarests, das in der Sonne ziegelrot und kupfern glänzte. In mittlerer Distanz sah ich den Baukran aufragen, an dem ich, auf dem Weg hierher, vorbeigefahren war. Ich stützte die Arme auf das Geländer und betrachtete die Dächer, aus denen Schornsteine wuchsen und in denen Antennen steckten. Die Luft dazwischen flirrte, ein akustisches Flimmern, das aus den Straßen aufstieg und sich zu einer Vibration verdichtete, die ich körperlich wahrnahm.

Zurück in der Wohnung packte ich den Rucksack aus: Das Necessaire deponierte ich im Bad, die Kleider verstaute ich in einem grau beschichteten Wandschrank, den Ordner mit Großvaters Memoiren stellte ich zusammen mit ein paar Büchern und Notizheften auf den Schreibtisch im Fenstereck. Ich prüfte, ob das Telefon funktionierte, verkabelte den Computer, aktivierte den Airport, nahm den Drucker in Betrieb und schrieb den ersten Satz: »Aufgebrochen bin ich an einem schwülen Sommertag.«

Königshaus

Gleich nach meiner Ankunft, las ich in Großvaters Memoiren, *suchte ich einen Privatlehrer und paukte morgens von sechs bis sieben Uhr Rumänisch. In den Geschäften hatte ich nämlich alle Mühe, mich verständlich zu machen. Und besuchte ich ein Restaurant, so bekam ich lauter Überraschungen serviert. Glaubte ich beispielsweise, ein Stück Fleisch bestellt zu haben, das auf dem Grill zubereitet worden war, so brachte der Kellner stattdessen ein schmackhaftes Pilzgratin. Doch schon bald konnte ich mich in der Landessprache verständigen, was auch die Zusammenarbeit mit den rumänischen Architekten und Technikern sehr vereinfachte. Als mich der Direktor der Firma Hofer București mit der Konzipierung einer neuen Zentralheizung für den Königspalast beauftragte, ein – wie man sich denken kann – äußerst prestigereiches Projekt, empfand ich dies als eine Belohnung für meinen Sondereinsatz.*

In jener Zeit hatte König Carol der Zweite angeordnet, den Seitenflügel, in welchem sich das Aufsichtscorps befunden hatte, abzubrechen und einen Theatersaal zu errichten. Die neue Zentralheizung sollte den veränderten architektonischen Gegebenheiten des Palastes Rechnung tragen. Und nicht zuletzt hatte sie ästhetische Kriterien zu erfüllen.

Ich war in ein Taxi gestiegen und zum Königspalast gefahren, ein lang gezogenes, verwinkeltes Gebäude. Über die Calea Victoriei hinweg betrachtete ich die drei ungleichen Geschosse. Sie waren durch Balustraden voneinander getrennt. Korinthische Säulen flankierten die hohen Fenster, die oben die Form eines Halbrunds hatten. Das Geländer auf dem Flachdach erinnerte an ein Krönchen. Durch welche Tür Großvater wohl jeweils den Palast betreten hatte? Koordinationssitzungen, so hatte er nämlich geschrieben, fanden in einem im Königshaus eingerichteten Planungsbüro statt.

Halte der König an der neusten Verordnung von vorgestern fest, würde also der Theatersaal um eine Empore aufgestockt, so wäre, um bei den winterlichen Minustemperaturen die Beheizung des Raumes sicherzustellen, der bisher vorgesehene Heizkessel durch einen leistungsstärkeren zu ersetzen, referierte Eugen Geck auf Rumänisch. Er schob die Brille auf den Nasenansatz zurück und tippte mit der Bleistiftspitze auf die großformatige Zeichnung, die er auf dem Sitzungstisch ausgebreitet hatte. Dies wiederum hätte Auswirkungen auf die Pumpen, den Durchmesser der Rohre und die Breite der Radiatoren. »Und wann könnte dieser neue Typ mit seinem Zubehör geliefert werden?«, fragte der leitende Architekt, ein leicht untersetzter Mann mit schwarzen Augen. Er vermute, dass hierfür mit rund eineinhalb Monaten zu rechnen sei. Gecks Antwort verursachte ein Stimmengewirr. Die Lieferfrist des neuen Heizkessels wirkte sich auf das weitere Prozedere aus. Erneut müssten Termine verschoben werden, wo doch der Bauplan wegen der ständig sich ändernden königlichen Wünsche ohnehin schon stark in Verzug war. Um sicher zu sein, wolle er diese Frage gleich jetzt klären, sagte Geck und wählte auf dem Telefonapparat, der im hinteren Teil des Raumes auf einem Tischchen stand, die Nummer des technischen Büros.

Zu meiner großen Überraschung meldete sich am anderen Ende eine Frau. Natürlich dachte ich, ich hätte mich verwählt, und bat die Dame, die ungewollte Störung zu entschuldigen. Beim zweiten Anlauf drehte ich die Wählscheibe mit doppelter Konzentration. Als sich kurz darauf dieselbe Stimme mit einem unwirschen »Hallo?« meldete, nannte ich meinen Namen und den Grund meines Anrufes und bat die Unbekannte, die Freundlichkeit zu haben, Sergiu an den Apparat zu rufen. Die Bitte war noch nicht zu Ende gesprochen, da hatte die Angerufene bereits wieder aufgelegt. Wütend wählte ich die Nummer ein drittes Mal. Lange klingelte es ins Leere. Als das Frauenzimmer endlich den Hörer abnahm, wollte ich als Erstes wissen, wer sie überhaupt sei. Anstatt zu antworten, drohte sie mir. Ich würde es noch bitter bereuen, sie mit meinen Anrufen zu belästigen. Ihr fehle wohl jeglicher Anstand, schrie ich, welche Erziehung sie genossen habe, wolle ich gar nicht erst wissen, und im Übrigen dürfe sie sich darauf gefasst machen, dass ich mich an oberster Stelle über ihr Verhalten beschweren werde. Was sie gehört hatte und was nicht, konnte ich nicht abschätzen. Als ich fertig war, hatte sie jedenfalls bereits wieder aufgelegt.

Die vier Männer hatten ihr Gespräch unterbrochen. Alle Augen waren auf Geck gerichtet. Der leitende Architekt hatte sich auf die Tischkante gesetzt und schlenkerte das eine Bein in der Luft. Ein anderer hatte seinen Stuhl zu Geck gedreht und hielt die Arme vor der Brust verschränkt. Hinter dem Sitzenden stand der Bauleiter und schaute Geck ebenso erwartungsvoll an wie ein weiterer Architekt, der sich am Kopfende des Tisches mit vorgebeugtem Oberkörper auf die Platte stützte. Es sei ihm unerklärlich, stammelte Geck. Anstatt die zuständige Person vom technischen Büro zu erreichen, habe er mit einer ihm unbekannten Frau gesprochen, die bedauerlicherweise keinerlei Anstandsregeln kenne.

Vielleicht handle es sich um ein Problem in der Schaltzentrale, mutmaßte einer der Männer, eine Erklärung, die Großvater halbwegs einleuchtete und seine Wut etwas besänftigte. Und doch fiel es ihm schwer, der weiteren Diskussion über bauliche Details zu folgen. Immer wieder kehrten seine Gedanken zu dieser Frauenstimme zurück. Möglicherweise hatte die Putzfrau, die kurzfristig die erkrankte Marina ersetzte, das Telefon abgenommen, weil Sergiu am Kaffeetrinken war oder wieder einmal mit der Sekretärin herumschäkerte. Doch was fiel diesem Weib ein, sich auf seine höfliche Aufforderung hin zu weigern, ihren Namen zu nennen, und mehr noch: ihn, den Ingenieur, wie einen Lausbuben zu behandeln, der sich einen Streich erlaubt! Das Klingeln des Telefons riss ihn aus seinen Gedanken. Er schnellte auf. »Das wird er sein«, stieß er hervor und eilte zum Apparat.

Diesmal meldete sich am anderen Ende eine Männerstimme. Allerdings handelte es sich nicht, wie ich vermutet hatte, um Sergiu. Ein mir unbekannter Mann ließ mich wissen, es werde dringendst gebeten, Madame Lupescu kein weiteres Mal anzurufen. Andernfalls sei mit Sanktionen zu rechnen. Ich war sprachlos. Dann nannte ich – geistesgegenwärtig und im Interesse einer Aufklärung des Rätsels – die Nummer der Firma Hofer Bucureşti, die ich gewählt hatte, und fand heraus, dass die ersten vier Ziffern exakt mit jenen übereinstimmten, die palastintern zu den königlichen Gemächern führten.

Zwei Sekunden lang war es still. Dann brach schallendes Gelächter aus den Mündern der Männer. Der leitende Architekt wieherte wie ein Pferd, der Bauleiter bellte, kam ins Husten: »Was sich liebt, das neckt sich!« »Geck und die Lupescu! Das neue Traumpaar«, scherzte der Wiehernde, worauf das Gelächter noch lauter wurde. Gecks Gesicht verzieht sich wie im Schmerz. Der linke Mundwinkel hängt schief. Sein Lachen wirkt gepresst, es klingt wie schnelles Schnaufen. *On a bien rigolé,* hatte Großvater in seinen Memoiren geschrieben. *Wir haben uns köstlich amüsiert.* Hände klopften ihm auf die Schultern, man beglückwünschte ihn zu seiner Unverfrorenheit, ihr endlich einmal die Leviten gelesen zu haben. Denn wer sonst, wenn nicht Elena Lupescu, die jüdische Geliebte des Königs – darin waren sich die Männer einig –, stand hinter dem Zickzackkurs der königlichen Verordnungen, die den Bauplan ein ums andere Mal über den Haufen warfen.

Mord

Vor mir jagten Autos durch die Straße. Plakate im Weltformat warben für die Kunstausstellung, die im Palast zu besichtigen war. Zu meiner Linken stritten sich zwei Automobilisten um eine frei gewordene Parklücke. Der Platz vor dem Palast war zu einem Parkplatz geworden, in dessen Mitte sich auf einem Podest ein neues Automodell um die eigene Achse drehte. Benommen stützte ich mich auf die Kühlerhaube eines blauen Renaults. Das Blech fühlte sich warm an. Metallen schillerte es in der Sonne.

Und wie in einem Vexierbild, in dem aufscheint, was schon da, bislang aber nicht erkennbar gewesen war, sah ich mich von weiteren Zeugen jener vergangenen Zeit umgeben. Das Luxushotel Athene Palace ließ Hakenkreuzbanner aus den Fenstern rollen, im Gartenrestaurant Cina hinter mir wurde Schweizerdeutsch geredet, und das Innenministerium verwandelte sich in eine Baustelle, aus der es erst entstehen sollte.

Im Wunsch, von hier wegzukommen, überquerte ich die Calea Victoriei und bog neben dem Palast in eine Seitenstraße ein. Eine stinkende Flüssigkeit bekleckerte mich. Ich wischte über den Ärmel und sah zu den unzähligen Air-Condition-Kästen hoch, die an den Hausmauern klebten und aus denen es heraustropfte, strauchelte über eine Delle und trat in einen Hundekot.

Die Straßenseite wechselnd, zwängte ich mich zwischen Kofferräumen und Kühlerhauben hindurch. Je weiter ich vorankam, desto mehr verlor ich mich in den Verästelungen der Innenstadt. Auf einmal war ich Teil einer Einerkolonne von Fußgängern, die auf einem Brettersteg am Rand einer aufgerissenen Straße ging, und fand mich im nächsten Moment auf einem Platz wieder, von wo aus ich in der Ferne ein weißes Felsmassiv aufragen sah: Ceauşescus Palast.

Ich nahm die Petflasche, die ich bei mir trug, trank einen Schluck und taumelte weiter, folgte einem Kanal, der meinen Kopf mit Wasser füllte und Enten und Plastiktüten darin herumschwimmen ließ, und gelangte, umspült vom Verkehrslärm, zu einer Brücke. Auf der anderen Seite des Kanals stieg ein breiter, schnurgerader Boulevard kontinuierlich an und lief direkt auf ein der Länge nach hingelegtes Rechteck von hellgrauer Farbe zu, in dessen Mitte ein zweites, vertikal aufgerichtetes Rechteck steckte: die einstige Militärakademie, für die Großvater, kurz bevor Mutter geboren wurde, ebenfalls eine Heizung konzipiert hatte.

Die Sonne brannte wie im Hochsommer. Dabei war es bereits Herbst. Ich war erneut stehen geblieben, um Wasser zu trinken, als mein Blick auf die Marmorplatten fiel, die neben dem Gehsteig im Gras lagen und eine Fläche von der Größe eines Grabes bedeckten. Ein Gedenkstein überragte die Platten. Jener Teil, wo ein Name gestanden haben musste, war zerstört.

Eine alte Frau trat auf mich zu, zeigte auf die Steinplatten und auf den Gedenkstein und schien sich furchtbar zu ärgern. Ich zuckte mit den Schultern, und obwohl ich kein Wort von dem, was sie sagte, verstand, redete sie weiter, gestikulierte, wies mit dem Finger erneut auf den Gedenkstein, und ein Entsetzen furchte sich in ihr Gesicht, als sie mit der Hand das linke Auge zudeckte. »Armand Călinescu«, rief sie mit hoher, zeternder Stimme und starrte mich mit dem rechten, stechend gewordenen Auge an. Jetzt dämmerte es mir. Hier war der einäugige Ministerpräsident Armand Călinescu kurz nach Kriegsausbruch von Anhängern der Eisernen Garde ermordet worden. Ich hatte in Großvaters Memoiren davon gelesen:

Der König ließ die neun Gardisten, welche die Tat begangen hatten, an derselben Stelle richten. Sie wurden an ein Brett gebunden und von einem Exekutionskomitee erschossen. Zwei Tage lang blieben ihre Leichen auf dem Trottoir liegen, den Blicken tausender Schaulustiger ausgesetzt.

Die Alte hatte sich davongemacht. Um mich herum entwickelte sich ein ganz normaler Tag. Nichts, was mir aufgefallen wäre. Passanten gingen vorbei, eine Frau schob einen Kinderwagen vor sich her, eine andere führte ein Hündchen in den Park. Auf der Straße zirkulierten Autos und Busse. Ich betrachtete die zerstörte Gedenkstätte, wischte mir mit dem Handrücken den Schweiß von der Stirn und trank einen weiteren

Schluck Wasser. Und wieder begann sich hinter dem Sichtbaren eine andere, unsichtbare Schicht zu regen. In meinem Inneren erklang eine Tonspur, Menschen riefen sich zu, lachten, ein Stimmengewirr, das lauter wurde, als drehte jemand das Volumen auf, und als würde ein Lichtregler hochgeschoben, tauchten Gesichter auf, erst in Umrissen, dann immer deutlicher erkennbar. Ein junger Mann streckte die Arme in die Luft, knickte und verdrehte sie, als hätte man sie ihm ausgerenkt, dazu ging er seitlich in die Knie und ließ den Kopf auf die Brust sinken. Seine Kollegen lachten, einer ahmte ihn nach.

»Universul«, rief ein Junge, der einen Stoß Zeitungen im Arm trug, und eine Frau ging mit einem Korb Süßigkeiten umher. »Es war wie auf einem riesigen Jahrmarkt«, hatte der Schriftsteller Iosif Hechter alias Mihail Sebastian in sein Tagebuch geschrieben. Und vielleicht waren sich mein Großvater und Sebastian an diesem Ort des öffentlichen Schauprozesses, der, wie Sebastian bemerkte, die Sensationsgier der Massen mehr anstachelte als befriedigte, begegnet. Einen Moment könnten die beiden Männer, beide bleichgesichtig und um die dreißig Jahre alt, nebeneinandergestanden sein, Geck die Aktentasche unter dem Arm, Sebastian ein Notizheft in der Innentasche seines Sakkos, jenen Mittelpunkt im Blick, der von Menschen umschwärmt wurde, bis schließlich auch Geck nach vorne drängelte und einem der Anwohner, der eine Leiter herbeigeschafft hatte, zwei Lei bezahlte, um hinaufzusteigen und über die Köpfe der Menge hinwegzusehen. *Die Leichen boten keinen schönen Anblick.*

Unweit unserer Wohnung sei das gewesen, hatte Großvater geschrieben. Und mit einer Wucht, die mich verblüffte, verschaffte sich die Frage nach dem »Wo?« Platz in meinem Kopf: Wo war die Strada Dr. Ciru Iliescu gewesen? Wo hatte das Haus gestanden, in dem meine Mutter laufen und sprechen lernte?

Gärten

Bevor ich nach Rumänien aufgebrochen war, hatte ich Mutter mit einer ersten flüchtigen Übersetzung von Großvaters Memoiren im Schrebergarten aufgesucht. Sie war eben dabei gewesen, verwelkte Blüten aus einem dunkelgrünen Blättermeer zu zupfen. – »Er schreibt, ihr hättet in einem modernen zweistöckigen Haus gewohnt.« Mutter richtete sich auf, nahm die Gartenschere vom Fensterbrett und schnitt ein paar braun verfärbte Blüten ab, die wohl einst rosa gewesen waren. Ein Rebententakel betastete die Krempe ihres Strohhuts. Im nächsten Moment lag es ebenfalls auf dem Boden. »Hast du die Nachtkerzen gesehen?«, fragte sie mich. »Bald werden sie blühen.« Ich folgte ihr über den Rasen, an der Delle vorbei, wo Großmutters Asche lag, zum Steinblasenweg. »Da!« Mutter, klein und rundlich, streckte sich zu den länglichen Blütentrauben hinauf, die den Maschendrahtzaun überragten, und bog einen der Stängel nach unten. Eingerollt in gelbe Blütenblätter ragten aus der Knospenmitte Staubblätter heraus, deren Enden in alle vier Himmelsrichtungen zeigten und die den Anschein machten, sie wollten die Knospe von innen her aufsprengen. »Wenn man nicht rechtzeitig hinschaut, sind sie schon wieder verblüht. Blitzschnell geht das!« Der Stängel schnellte zurück und wippte ein paarmal hin und her. »Mein gelber Nachtschatten«, sagte Mutter und ahmte die wippende Bewegung nach. Dann strich sie mit der ausgelatschten Sandale über die Blattschicht am Boden. Die beiden kleinsten Zehen spreizten sich weit vom Fuß ab und verliehen ihm jenes klauenartige Aussehen, das Mutter »Krüppelfuß« nannte. »Hier wachsen die Leberblümchen. Du hast sie verpasst. Es sind die Ersten, wenn der Schnee weg ist. Ihretwegen bleiben die Leute im Frühjahr bei meinem Garten stehen.« »Und was ist das?«, fragte ich und zeigte auf eine Gruppe lila Blumen. »Phlox! Du willst mir doch nicht weismachen, dass du Phlox nicht kennst?« Durch die Krempe des Strohhuts sprühte die Sonne Lichttupfer auf Mutters Gesicht, während sie mit Händen und Füßen hier- und dorthin zeigte und mit jedem Namen, den sie nannte, eine Blume, ein Blumenpolster, eine mir bis anhin unbekannte Pflanzenart entstand: Winden schlängelten sich zusammen mit Zimt- oder Hundsrosen den Spalier entlang. Die feingliedrige Akelei blühte überall verstreut, während die rosa Zipfelmützen des Heidekrauts aus einem kompakten Nadelteppich aufragten und das Steinkraut an einen weißen Pinselstrich erinnerte, der die Grenze zum Nachbarsgarten markierte. Um die violetten Schwänze der Buddleja herum flatterten Zitronenfalter, Bienen summten über den altrosa Kissen der Fetthenne und die giftige Wolfsmilch linste grünlich gelb zum Frauenmäntelchen hinüber. Topinambur heiße das hoch aufgeschossene Kraut, das auch Erdbirne genannt werde und mit den Sonnenblumen verwandt sei, erklärte Mutter. Der Schneeball und der mit schwarzen Perlen bestückte Kirschlorbeer hingegen gehörten zwei verschiedenen Familien an. Ich erfuhr, dass die Rebe an der Ostseite des Gartenhäuschens eine Riesling sei. Aus einem Spülbecken, das Mutter »Biotop« nannte, schossen drei blauviolette Schwertlilien in die Höhe. Himbeeren wurden von den stachligen Dolden einer Karde bewacht, und am Boden leuchtete ein einzelnes Löwenmaul blutrot im Grün. Zuletzt zeigte mir Mutter die Kräuter: die von einem weißen Pelz überzogenen Blätter des Salbeis, die Nadeln des Rosmarins und die Hohlhaare des Schnittlauchs. Der Lavendel stand kurz vor der Blüte.

Wir hatten uns in den Schatten einer Birke an den runden Gartentisch gesetzt. Mutter zündete sich eine Zigarette an, sog den Rauch in die Lungen hinunter und kniff die Augen zusammen. »Er schreibt also von der Wohnung?« Ich kramte meine Notizen hervor. »Er schreibt ...« »Ich war damals noch sehr klein«, fiel mir Mutter ins Wort. »Die Möbel waren schwarz. Auch die Türen waren dunkel. Und die Schubladen hatten goldene Griffe. Die musste ich putzen.« Ihre Nase zuckte, sie schniefte und schnäuzte. »Das Putzmittel sah aus wie eingedickte Milch und roch scharf.« Sie tippte mit dem Finger auf die Zigarette, sodass die Asche auf die Steinplatten fiel. »Und?«, fragte sie und warf einen zweifelnden Blick auf meine Notizen. Ich las vor: »›Monatelang hatte ich mich erfolglos nach einer geeigneten Wohnung umgesehen, als mir eines schönen Tages ein

Kollege, ein Mitglied des Schweizervereins, eine Adresse vermittelte. Die Wohnung befand sich im zweiten Stockwerk eines modernen Hauses und entsprach exakt dem, wonach ich gesucht hatte: zwei Zimmer, Küche, Badezimmer und eine Kammer für das Dienstmädchen. Und so zogen wir ins noble Viertel des Parcul Principessa Iliana. Ganz in der Nähe lag der botanische Garten, ein schönes Ausflugsziel für meine Frau, die, während ich arbeitete, oft mit unserem Töchterchen durch diesen Park spazierte.‹«

»Jenia!«, platzte es aus Mutter heraus. »So hieß das Dienstmädchen! Jenia war wunderschön. Sie hatte kohlrabenschwarze Haare und trug immer ein weißes Kleid. Vor dem Einschlafen erzählte sie mir eine Geschichte. Und zum Schluss sang sie ein Lied. Und mit Mihai spielte ich im Sandkasten. Wir formten Kugeln, backten Kekse, und manchmal türmten wir allen Sand zu einem riesigen Berg auf, klopften ihn rundherum fest und buddelten dann gleichzeitig von zwei Seiten her einen Schweizertunnel hinein, bis unsere Arme im Tunnel verschwunden waren und sich unsere kalten Finger in der Mitte des Berges berührten. Farücheli hatte Sandkastenverbot. Dabei hätte er so gerne mitgespielt.« Mutter hatte vor sich hin gesprochen, als redete sie mit den Schatten der Birkenblätter, die sich im Lichtfleck auf dem Tisch tummelten. Nun sah sie auf. Ihre Haut schimmerte bronzefarben. Sie tat einen tiefen Atemzug und hielt einen Moment die Luft an: »Farücheli ...«, sagte sie dann, »Farücheli und Mihai waren meine besten Freunde.«

Ich war durch den botanischen Garten geschlendert, hatte mich auf einer Parkbank ausgestreckt und musste eingeschlafen sein. In der Ferne heulten Autosirenen. Über mir verfing sich ein warmer Wind in der Weide, deren hängende Äste er anhob, um durch sie hindurchzuziehen, über Wiesengräser zu streifen und von den Scheiben eines Treibhauses, in dem baumgroße Kakteen wuchsen, gebremst zu werden. Neben mir schwammen Schatten in einem Fleck Sonnenlicht: Karpfen, die, auf Brotstücke hoffend, Ringmünder öffneten und schlossen und wieder öffneten, gelb-rosa Schlunde sehen ließen und einander mit lidlosen, stumpfen Augen anglotzten. Das in Petflaschen käufliche Wasser, das ich in mich hineinschüttete, rann augenblicklich durch die Poren wieder aus mir heraus. Ich trank den letzten Schluck, warm wie Tee. Es gibt eine Hitze, die einem den Willen nimmt. Der Organismus ist mit sich selber beschäftigt, das Herz rast, als hechelte es, das Denken setzt aus, die Haut wird durchlässig, es gibt kein Innen und kein Außen mehr, man besteht aus Schweißgeruch und aus den Geräuschen, die ungehindert in einen eindringen, als wäre man ein körperloses Gehör, das Tschilpen der Vögel, das Heulen von Sirenen in der Ferne, das Rauschen der Bäume, durch die der Wind seine Glut treibt. Wie ein verwildertes Tier lag der botanische Garten in der Mittagshitze: an einem Ort versammeltes, flüchtiges Grün, das wuchert und verdorrt, wächst und vergeht wie Menschen, Häuser, Straßen, Namen ... Und ich wunderte mich, wie vorwitzig die Spatzen über die Schatten hüpften!

Versammlung

Irgendwo in Bukarest hatte ein zweistöckiges Haus gestanden, von wo aus Klara an einem sonnigen Herbsttag mit Kind und Hund in Richtung Stadtmitte aufbrach, um an einer kurzfristig angekündigten Informationsveranstaltung der Schweizer Botschaft teilzunehmen. Seit deutsche Truppen Polen angriffen, trafen fast stündlich neue Schreckensmeldungen ein. Mit der Ermordung des Ministerpräsidenten Armand Călinescu und der öffentlichen Hinrichtung seiner Attentäter hatte das Geschehen ihr Wohnviertel erreicht. »Scheußlich«, hatte Eugen gesagt, als er zwei Tage zuvor von den Leichen erzählte, die er sich angeschaut hatte. »Ihre Tat ist scheußlich, aber die Mörder in ihrem Blut liegen zu lassen, ist ebenso scheußlich.« Klara zog ihrem Töchterchen die Schuhe an. Die Schaulustigen hätten die Leichen bespuckt und getreten, die Soldaten, die zur Wahrung eines Mindestabstands aufgestellt worden seien, hätten dies nicht verhindert, hatte ihr Mann erzählt. Einer der Exekutierten sei gar auf den Rücken gedreht worden. Klara musste an den Toten denken, der die Fliegen anzustarren schien, die über seinen blutverkrusteten Haaren kreisten. »Es sah aus, als überlege er, wie er Rache üben könnte. Dabei hatte der König gerade an ihm ein Exempel statuiert, um zu zeigen, dass er in seinem Reich keine Racheakte dulde.« Und wieder einmal hatte Eugen zu einer Tirade gegen den König angesetzt, den er einen Egomanen und Despoten nannte, ohne eigenständige Meinung, geschweige denn einer Vision für das Land. »Seine Gegner lässt er ermorden, selber macht er sich zum Diktator, und die Schätze verprasst er mit seiner Lupescu. Ihn interessiert einzig ein ungestörtes Leben in Saus und Braus.«

Klara streifte ihrem Kind einen gelben Baumwollpullover über den Kopf, während der Dackel schwanzwedelnd zwischen ihnen und der Wohnungstür hin und her sprang und zwischendurch mit der Schnauze die Hundeleine anstupste, die von der Garderobe herunterhing. »Was würdest denn du mit den Gardisten tun?«, hatte sie ihren Mann gefragt. »Erschießen ist jedenfalls keine Lösung des Problems, das kannst du mir glauben!«, hatte dieser geantwortet. »Die rächen jeden. Das nimmt kein Ende.«

Auf dem Weg zur Tramhaltestelle bemerkte Klara das Porträt des Gardistenführers, das an einer Hausmauer klebte. In den Gesichtszügen Corneliu Zelea Codreanus lag eine Melancholie, die nach dem Sinn seines Todes zu fragen schien. Zehn Monate waren vergangen, seit der Neununddreißigjährige zusammen mit dreizehn Kameraden erschossen worden war. Auf der Flucht aus dem Gefängnis sei dies geschehen, so lautete die offizielle Version. Klara kannte niemanden, der dies glaubte. Vielmehr munkelte man, der König habe Codreanu gezielt und aus nächster Nähe ermorden lassen, und zwar aus Neid. Codreanus große und weiter wachsende Beliebtheit im Volk sei ihm unerträglich geworden. Auch Hitler zeigte Gefallen an der Politik dieses Anwalts, der meistens ein schlichtes Bauernhemd trug. Schon bevor Codreanu die Legion des Erzengels Michael gründete, hatte er keinen Hehl aus seinem Judenhass gemacht. Daran änderte sich nichts, als er die Legion in Eiserne Garde umbenannte, im Gegenteil. Mit Brandanschlägen und Attentaten bezeugte er, dass es ihm ernst war. Bei der Haltestelle entdeckte Klara zwei weitere Aushänge, die ihr tags zuvor noch nicht aufgefallen waren. Sie warben ebenfalls für die verbotene Eiserne Garde, deren Anführer seit Codreanus Tod Horia Sima hieß.

Eine Frau half mit, den Kinderwagen in die Straßenbahn zu heben. Eine Station vor der Calea Victoriei stieg Klara wieder aus. Sie wollte auf dem Weg zum Restaurant Cina, wo der Schweizer Botschafter seine Ansprache halten würde, durch den Parcul Cişmigiu spazieren. Einzelne Baumkronen hatten sich bereits rotgelb verfärbt und leuchteten in der Sonne, als entstünde das Licht im Laub drin. Doina warf ihre Puppe aus dem Kinderwagen, lehnte sich über den Rand des Wagens und zeigte auf das Spielzeug. Der Lärm, den die Räder des Kinderwagens auf dem Kies verursacht hatten, verstummte. Klara klopfte die Steinchen vom gestrickten Leib und gab Doina ihr Schillepinggeli zurück, worauf das Mädchen die Puppe gleich ein zweites Mal aus dem Wagen warf. »Schau die Entchen.« Klara kauerte neben dem Kinderwagen nieder. Faruk hob die linke Pfote und nahm Witterung auf. Weiden ließen ihre olivgrünen Zweige ins Wasser hängen, dessen Oberfläche sich im Wind kräuselte und in der Sonne glitzerte. In der Mitte des Teiches schoss ein weißer Strahl hoch in die Luft.

Noch nie hatte Klara den Park so verlassen angetroffen wie an diesem Morgen. Das Kaffeehaus war geschlossen. Niemand verlangte nach den am Ufer vertäuten Booten, um die Fontäne zu umrunden, keine Stimmen füllten die Luft, kein Lachen, kein Kindergeschrei. Der Park strahlte eine Ruhe aus, in die sich Klara am liebsten mit Kind und Hund wie in einen Seidenkokon eingesponnen hätte, um erst dann wieder aufzuwachen, wenn all das, was da draußen an Beunruhigendem vor sich ging, vorbei wäre.

Als sie den Platz vor dem streng bewachten Königshaus überquerte, sah sie am Sockel zur Statue hinauf. Gründerkönig Carol der Erste, ein Hohenzoller, saß hoch zu Ross. Sein Mantel fiel über die Kruppe des Pferdes. Gebieterisch stemmte der Bärtige die rechte Hand in die Hüfte, straffte mit der linken die Zügel und richtete den Blick auf den von seinem Großneffen bewohnten Palast.

Der Kinderwagen holperte an der Statue vorbei über das Kopfsteinpflaster zum Eingang des Gartenrestaurants, wo reger Betrieb herrschte. Ein Kellner wies Klara den Weg zum Saal und nahm sich dann einer siebenköpfigen Familie an, die einen Tisch reserviert hatte.

Hatte sie sich so sehr verspätet? Es schien aussichtslos, in den Stuhlreihen noch einen freien Platz zu finden. Die Leute begnügten sich bereits mit Stehplätzen. Da sah sie im vorderen Drittel am Rand einer Stuhlreihe Emmy sitzen und ihr zuwinken. Faruk zog an der Leine. »Wie lieb von dir«, sagte Klara, nachdem sie sich gesetzt und Emmys Mann Kurt die Hand geschüttelt hatte. »Wie ein Löwe hat sie diesen Stuhl verteidigt«, lachte Kurt und knurrte. »Na, du Schlingel!« Emmy kitzelte Doina, sodass das Mädchen kichernd zusammenfuhr und die Zapfenlocke wieder losließ. Klara sah sich um, grüßte durch Kopfnicken und winkte da und dort jemandem zu. Felix Renner trat zur Tür herein. Seine schlanke Gestalt wirkte im Anzug, den er trug, athletisch. Klara musste an ihre erste Begegnung im Speisewagen des Orient-Express denken. »Nehmen Sie Kontakt mit dem Schweizerverein auf«, hatte ihr dieser nette Herr von der Schweizer Botschaft damals geraten. »Wir treffen uns in Bukarest regelmäßig zu geselligen Anlässen.«

»Wo bleibt bloß unser Herr Botschafter?«, fragte Kurt und sah auf die Uhr. »Er soll jetzt eine Verlobte haben«, flüsterte Emmy. »Wer?« »Na, der Felix.« Wer die Glückliche sei, wollte Klara wissen. »Das wird geheim gehalten.« »Wer erzählt es denn?«, fragte Klara. In diesem Moment wurde es still im Saal. Renner war hinter einen mit zwei Schweizerfähnchen dekorierten Tisch getreten und gab bekannt, dass der Botschafter leider verhindert sei. Botschafter de Weck habe an einer äußerst dringenden Sitzung teilnehmen müssen. Er bitte die Anwesenden um Verständnis.

Er entfaltete zwei Papierbogen und blickte kurz in die Runde, bevor er die Ansprache *Zur Lage der Schweizer im Heimatland und in Rumänien angesichts der gegenwärtigen politischen Situation* vortrug. In der Schweiz herrsche höchste Alarmbereitschaft. Alle wehrpflichtigen Männer seien eingezogen worden, um die Landesgrenzen zu sichern. Wer als Auslandschweizer das Vaterland verteidige, leiste einen großartigen und höchst lobenswerten Dienst. Er verlas die Namen derjenigen Männer, die in die Schweiz zurückgekehrt waren.

In Rumänien sei die Lage ebenfalls sehr angespannt. Renner würdigte Armand Călinescu als einen weitsichtigen Politiker, der über großes diplomatisches Geschick verfügt habe. Man müsse jetzt sowohl die innen- als auch die außenpolitische Situation sehr genau im Auge behalten. Sorge bereiteten insbesondere die Entwicklungen im Nachbarland Polen. Doch vorerst gebe es keinen Anlass, Rumänien überstürzt zu verlassen. Das Land sei unter Kontrolle, König und Kabinett hielten an der Neutralitätspolitik fest. Klara versuchte vergeblich, sich den Namen des neuen Ministerpräsidenten zu merken. Überhaupt flogen ihre Gedanken in alle Himmelsrichtungen. Was hatte es mit dieser Verlobten auf sich? Wer hat das erzählt? Sie würde Emmy fragen.

Der Saal füllte sich wieder mit Stimmengewirr. »Teilen Sie die Meinung, der Mord am Ministerpräsidenten sei ein direkter Angriff auf den König?« Kurt richtete seine Frage an Felix Renner, der zu ihnen getreten war. »Die haben sich doch gegenseitig die Stange gehalten! Călinescu hat den König unterstützt, als sich dieser nach dem Wahlsieg der Gardisten zum Diktator aufschwang, und als Dank hat ihm dann der König das Amt des Ministerpräsidenten anvertraut. So jedenfalls steht es zwischen den Zeilen geschrieben.« Kurt fuchtelte mit der *Neuen Zürcher Zeitung*. »Das Problem liegt eher dort, dass der König mit Călinescu seinen politischen Steuermann verliert«, antwortete Renner. »Darf ich?«, fragte Klara. Die auf der Frontseite der NZZ abgedruckte Fotografie zeigte Armand Călinescu bei seiner Antrittsrede im Kabinett. Mit dem weißen Gesicht glich er einem Pantomimen. Das durch einen Unfall in seiner Kindheit erblindete linke Auge wurde vom dunklen Glas eines Monokels verdeckt und verlieh ihm einen höchst besorgten Ausdruck. Wie einer, der die Gefahr kennt und benennt, hielt er den rechten Zeigefinger warnend in die Luft. Schrecklich, dachte Klara, elf Kugeln, und las, was sie schon wusste: »Als man die Wagentür öffnete, glitt die Leiche des Präsidenten aufs Trottoir.«

»Gestern«, begann Emmy, während Klara die Zeitung wieder zusammenfaltete, »sah ich auf dem Boulevard Regina Elisabeta eine Gruppe Flüchtlinge aus Polen. Elend sahen diese Menschen aus. Sie trugen zerschlissene Kleider und hatten kaum Gepäck bei sich.

Nur ein paar kleine Rucksäcke.« Sie zeichnete mit den Händen ein Oval in die Luft. »Wenn es Hitler bloß nicht in den Sinn kommt, auch Rumänien anzugreifen«, äußerte sich Klara, worauf Kurt bemerkte: »Das Erdöl wird ihn interessieren.« »In der Schweiz sind Sie auch nicht sicherer als hier«, wandte der Präsident des Schweizervereins, Fritz Ackermann, ein. »Wie unser geschätzter Herr Renner soeben vorgetragen hat, gibt es keinen Grund, Rumänien überstürzt zu verlassen. Das Wichtigste ist, dass wir einen kühlen Kopf bewahren und bald eine erschwingliche Liegenschaft finden, wo wir unser Schweizerhaus einrichten können. Wir brauchen einen selbstverwalteten neutralen Veranstaltungsort!« Renner nickte zustimmend: »De Weck hat dieses Begehren in Bern an oberster Stelle deponiert.«

Ihm wolle scheinen, der hochverehrte Herr Botschafter unterschätze ganz gehörig die jüdische Gefahr, bemerkte Gubler, ein hagerer Herr um die fünfzig, der sich in der vorderen Reihe zwischen den verschobenen Stühlen hindurchzwängte, gefolgt von seiner rundlichen Frau. »Schauen Sie nach Norden!« Gubler warf unter der Hutkrempe hervor dem jüngeren Renner einen spitzen Blick zu. »Sie wissen doch, was an der Grenze geschieht, seit Stalin in Polen einmarschiert ist! Scharenweise wandert dieses Gesindel zusammen mit den fliehenden Soldaten nach Rumänien ein! Das nimmt skandalöse Dimensionen an! Und mindestens ebenso skandalös ist es, dass die Schweizer Botschaft es offenbar nicht für nötig hält, dies zu erwähnen!« Und wie immer, wenn sich Gubler über die jüdische Gefahr ereiferte, zog er auch über Lupescu her, die er Magda nannte, eine rothaarige Jüdin aus der Gosse. Der Name Elena bleibe der Prinzessin von Griechenland vorbehalten, sie habe schließlich den rechtmäßigen Thronfolger geboren: »Die ganze Welt lacht über das rumänische Königshaus«, schimpfte Gubler. »Dann lieber ein deutsches Protektorat als ein von Juden manipuliertes Rumänien!« Renner drehte Gubler, den er an Körpergröße überragte, den Rücken zu. »Schade, dass Eugen so stark beschäftigt ist«, sagte er zu Klara, die sich, ihr einjähriges Töchterchen auf dem Arm, vom Stuhl erhob. »Wir sollten, solange es das Wetter noch zulässt, wieder einmal eine Partie Tennis spielen.« Wo Geck denn am Wochenende unterwegs sei, wollte Gubler wissen. Ihr Mann habe außerhalb der Stadt zu tun, antwortete Klara und riss so heftig an der Leine, dass es dem Dackel, der sich über den Aufbruch freute, die Luft abschnitt.

Strada Dr. Ciru Iliescu

»Nice pictures«, sagte der junge Mann, der auf mich zugetreten war. Er trug Bluejeans und ein weißes Hemd und musste mich dabei beobachtet haben, wie ich in einem Heft mit Stadtansichten aus der Zwischenkriegszeit geblättert hatte. Sein ovales Gesicht war voller Sommersprossen, rötlich braune Haare fielen in Wellen über seine Schultern. Er lächelte mich an. »It's cheap.« »Oh«, antwortete ich. »Actually I'm looking for Strada Dr. Ciru Iliescu«, und malte mit dem Finger ein großes Fragezeichen auf das Heft. »Ciru Iliescu?«, fragte der Händler. »Yes. Strada Dr. Ciru Iliescu. It doesn't exist any more.« »Come«, sagte er und führte mich in einen kleinen, bis zur Decke hinauf mit Regalen ausgestatteten fensterlosen Raum, der sich im hinteren Teil des Antiquariats befand. Kunstlicht fiel auf eine unüberblickbare Menge an Büchern und Gegenständen: Vasen, urtümlich anmutende Gerätschaften, Steinskulpturen, eine Kopie der Büste von Marc Aurel. Auch auf dem Tisch, der sich in der Raummitte befand, stapelten sich Bücher und alte Drucke, und an den wenigen Stellen, wo kein Regal die Wand verdeckte, hingen Stiche, Gemälde und kolorierte Fotografien.

Der Mann war niedergekauert und klackte mit den Fingern eine Reihe Bilder durch, die an einem Regal lehnten. Bei einem Bild verweilte er etwas länger, setzte die Suche fort, hob schließlich eines der Bilder hoch und stellte es zuvorderst in die Reihe. Mich bat er, zur Seite zu treten, damit er Platz schaffen könne. Er schichtete die Bücher zu hohen Stapeln, die größten räumte er unter den Tisch, dann legte er das Bild auf die Platte. Ich trat heran. Vier zarte Farben lagen auf Bukarest wie vier Schmetterlingsflügel. In der Mitte wurden sie von roten Schnüren zusammengehalten, die Tramlinien darstellten. »Grădina Botanică«, sagte ich und zeigte auf den grünen Fleck, den ich als botanischen Garten erkannte. »Cotroceni«, sagte der Verkäufer zustimmend. Ich las den Schriftzug, der das Stadtviertel bezeichnete. An seinem rechten Ausläufer fand ich, inmitten von Grün, einen blauen Fleck eingezeichnet, der mit Ştrandul Bragadiru angeschrieben war.

Dank der Vermittlung unserer Nachbarn durften wir Schweizer auf den Tennisfeldern des rumänischen Tennisclubs trainieren, die inmitten eines hübschen Parks lagen, angrenzend an das Freibad Bragadiru. Wie viele Nachmittage haben wir dort mit unseren Freunden zugebracht und uns nach einer Partie Tennis mit einem Sprung ins Wasser erfrischt!

Ştrandul Bragadiru! Die beiden Wörter bargen eine Magie. Immer wieder hatte ich sie wie einen Zauberspruch vor mich hingemurmelt. Doch auf meinem Stadtplan fehlte nicht nur die Wohnadresse meiner Großeltern, auch nach dem Ştrandul Bragadiru hatte ich vergeblich gesucht. Meine Hände zitterten, als ich nun meinen

Stadtplan neben dem alten, der aus dem Jahre 1940 stammte, ausbreitete. Die beiden Pläne hatten ungefähr dasselbe Format. »Cotroceni!«, rief ich, als ich das Viertel auf dem aktuellen Stadtplan am selben Ort eingetragen fand. Der Verkäufer nickte. Ich beugte mich über das Glas, das den historischen Plan schützte und in dem ich mich spiegelte, da sprang mir – durch meinen Schatten hindurch – der Straßenname ins Auge: Dr. Ciru Iliescu. »Da!«, schrie ich und zeigte auf die Buchstaben. »Da!« Verdutzt trat der Händler einen Schritt zurück. »Strada Dr. Ciru Iliescu. Großeltern. Bunici.« »I understand«, sagte der junge Mann unsicher. Ich verglich das Straßennetz Cotrocenis auf dem alten und auf dem neuen Plan. Es war identisch! Von Ceauşescus stadtplanerischen Verwüstungen unversehrt. Alle Straßen waren da. Und sie trugen auch alle die gleichen Namen. Nur eine einzige, die Strada Dr. Ciru Iliescu, war umbenannt worden. Sie hieß jetzt Strada Frédéric Joliot-Curie.

Ich umarmte den Mann, der stocksteif dastand, küsste ihn, nannte ihn einen Engel und taumelte aus dem Antiquariat in eine veränderte Stadt hinaus. Eine Stadt, in der es eine Straße gab, an der meine Großeltern gewohnt hatten ... Ich rannte in Richtung Cotroceni.

Je näher ich dem Viertel Cotroceni kam, desto unschlüssiger wurden meine Schritte. Schließlich blieb ich stehen. Was ich tun konnte, hatte ich getan. Darauf, ob es das Haus noch gab oder ob es im Verlauf der vergangenen Jahrzehnte abgerissen worden war, hatte ich keinen Einfluss. Ich würde es hinnehmen müssen. Vielleicht wäre ich sogar froh, wenn es fort wäre, ein für alle Mal fort. Ich wüsste dann wenigstens, dass es kein Haus mehr gibt.

Vor mir glitzerte, flankiert von zwei Straßen, die Dâmbovița in ihrem Betonbett. Ich erkannte den Ort wieder. Die stark befahrene Brücke, die über den Kanal führte, setzte sich in jenem Boulevard fort, auf dem Armand Călinescu ermordet worden war und tags darauf seine Mörder in ihrem Blut gelegen hatten. Links des Boulevards erhob sich ein kleiner Hügel, Kuppeln einer orthodoxen Kirche wölbten sich in den Himmel. Dort musste das Viertel Cotroceni liegen.

Hinter der Brücke bog ich von der Hauptstraße aus in eine Seitenstraße ein. Plötzlich war es still. Zaghaft folgte ich der menschenleeren Straße, die auf eine Kreuzung zulief. Was wäre, wenn es das Haus noch gäbe? Was, wenn es nicht mehr existierte? Ich hoffte und fürchtete beides.

Der Anblick des Kirchleins, das an der Kreuzung stand, traf mich unvermittelt. Ich kannte es! Das weiße Kirchenschiff mit dem achteckigen, nicht sehr hohen Turm hatte in Mutters Fotoschachtel gelegen. »Da machten wir wohl einen Ausflug«, hatte sie gemutmaßt. »Keine Ahnung, wo das gewesen sein könnte.« Damals hatte sie ein dunkles Kostüm mit weißen Kragenspitzen getragen und posierte, an Großmutters Hand, unter den bemalten Kleeblattbogen des Kirchenvordachs. Im Hintergrund war die Kirchentür zu sehen, über der ein Steinmetz kyrillische Schriftzeichen in die Wand gemeißelt hatte. Neben der Tür tagte das Jüngste Gericht: Ein beschupptes Ungeheuer sperrte sein verblichenes Maul auf und verschlang die Verdammten, die, von Teufeln in einen Feuerstrom geworfen, seinem Rachen entgegenstrudelten, während auf der anderen Seite die Erlösten aus ihren Gräbern auferstanden und himmelwärts schwebten. – Dies musste die Kirche sein, von der Großvater in seinen Memoiren geschrieben hatte, sie hätten sie an Ostern in Begleitung ihrer Nachbarn, den Popescus, aufgesucht, um an der Mitternachtsmesse teilzunehmen. Als sie ankamen, war die Kirche allerdings bereits gestoßen voll. Sie mussten mit einem Platz vor der Kirche vorliebnehmen.

Jeder erhielt eine Kerze, das Feuer wurde herumgereicht, und als alle Kerzen brannten, verkündete der Priester: »Cristos a înviat.« – »Adevărat a înviat«, wiederholte die Menge im Chor. »Fürwahr, Christus ist auferstanden!« Die Gläubigen umarmten einander, in ihren Gesichtern zeigten sich Freude und Erleichterung. Wieder zu Hause erwartete uns in der Nachbarwohnung ein Festessen, welches die Fastenzeit beendete. Die Feier dauerte noch mehr als zwei Tage und streifte die Völlerei.

Ich drückte die Klinke, doch die Kirchentür war abgeschlossen. Mein Fuß stieß gegen einen Gegenstand, eine Flasche rollte in eine Ecke, wo sie auf zwei weitere traf. Jemand hatte den Boden unter dem überdachten Eingangsbereich des Kirchleins mit Kartonplanen ausgelegt, überall waren Zigarettenkippen verstreut.

Von den drei Straßen, die von der Kreuzung wegführten, wählte ich die mittlere. Ein Wind riss gelbe Blätter aus den Baumkronen. Unter meinen Schuhen raschelte Laub. Wurzeln drückten von unten her gegen den Asphalt und hoben ihn an. An den höchsten Stellen war der Belag aufgerissen. Ich war in ein System aus Baumtunnels geraten. Es war kühl hier, und es roch nach Moos. Efeu rankte sich an Gartenmauern empor. Hinter knorrigen Stämmen lagen alte Villen. Der Tunnel weitete sich. Ich trat auf eine Art Lichtung, überquerte einen menschenleeren Platz, auf dem eine einsame Tankstelle stand, und verschwand auf der gegenüberliegenden Seite wieder in einer Allee. Die Straße krümmte und verzweigte sich. Ich nahm den Plan zu Hilfe.

Schließlich entdeckte ich an einer Hausmauer ein Schild mit dem Schriftzug *Strada Frédéric Joliot-Curie*. Ich traute mich kaum, weiterzugehen. Auf Großmutters Tennisausweis hatte die Hausnummer 18 gestanden. Die geraden Zahlen lagen auf der rechten Straßenseite. Zwei kleine rachitische Hunde, der eine braun, der andere schwarz, humpelten bellend auf mich zu. Drei Meter vor mir blieben sie heulend stehen. Auch ich war stehen geblieben und redete beschwichtigend auf sie ein, doch ihr Gebell hatte bereits weitere Hunde alarmiert, die in den Vorgärten eingesperrt waren und nun bellend hinter den Zäunen hin- und hersprangen und Hunde in noch größerer Distanz in Aufruhr versetzten. Ich kniff die Augen zusammen. Weiter vorne sah ich auf der rechten Straßenseite eine Lücke, wie eine Zahnlücke in einem Gebiss. Ein Haus fehlte.

Die beiden kläffenden Köter im Schlepptau eilte ich die Straße entlang auf die Lücke zu. Im Vorbeigehen suchte ich an den Hausmauern nach den Nummernschildern: 24, 22, 20 ... Das Haus vor der Lücke trug die Nummer 18.

Hierher also hatte Eugen seine Frau im schwarzen Cadillac geführt, nachdem er sie vom Nordbahnhof abgeholt hatte. Das Haus stand vor mir wie in einem Traum, aus dem man nicht aufwachen möchte, in den hinein jedoch gnadenlos ein Wecker schrillt. Im Vorgarten des Hauses hinter mir lärmte, außer sich vor Wut, ein Schäferhund. Dass ich stehen geblieben war, trieb ihn in die Raserei. Er schob seine Schnauze durch den Lattenzaun und belferte, was das Zeug hielt. Ich versuchte, ihn nicht zu beachten, wie den Wecker, von dem man hofft, irgendwann nehme das Scheppern ein Ende und man könne in Ruhe weiterschlafen. Und vielleicht wäre es mir gelungen, hätte sich nicht Mutters Stimme ins Gebell gemischt. »Hör auf damit!«, befahl sie. »Lass das!«

Hastig zerrte ich den Fotoapparat hervor und schoss in aller Eile Bilder vom Haus, als könnte ich tatsächlich aus einem Traum erwachen und das Haus wäre dann für immer verschwunden. Ich knipste die renovierte gelbe Fassade, durch die sich drei übereinanderliegende weiße Balkone zogen. Die Wohnungen links waren größer, die Balkone breiter, die Fassade gerundet. Das Treppenhaus lag hinter einer dunklen Glasfront, die durch die ungleiche Größe der Wohnungen asymmetrisch nach rechts versetzt war und als brauner Streifen die Eingangstür mit dem Flachdach verband. »Aufhören!«, schrie die Mutterstimme, »sofort!« Ich richtete den Fotoapparat auf die Wohnung im zweiten Stockwerk rechts und knipste gleich ein zweites und ein drittes Mal den Balkon und die braunen Jalousien, die – geschlossenen Augenlidern ähnlich – Balkontür und Fenster verdeckten. Trotz lautstark vorgebrachten mütterlichen Protests machte ich weiter, hielt die Linse auf die Eingangstür aus geripptem Milchglas und zoomte das Schild heran, eine Keramikkachel, mit Abstand das schönste Nummernschild in der ganzen Straße. Die 18 stand inmitten eines Kranzes aus grünen Blättern und gelben Früchten, und außen herum glänzte dasselbe Blau, aus dem auch die Ziffern waren: eine schlanke Eins und eine bauchige Acht, ein Paar im Paradies. Ich hielt mir die Ohren zu und stellte mir die sonnengewärmte Erde vor und den Geruch, der entsteht, wenn man ein Blatt von einem Zitrusbaum reißt, es mehrmals knickt und zwischen den Fingern hin- und herrollt. Müde und glücklich, als wäre ich nach einer jahrzehntelangen Reise am Ziel angelangt, setzte ich mich ein paar Meter weiter auf den abbröckelnden Randstein. Das Hundegebell verstummte, und mit ihm Mutters Geschrei. Ich suchte nach dem Foto, das auf dem Balkon oben rechts entstanden war. Ein blondes Mädchen ist darauf zu sehen, drei oder vier Jahre alt. Es trägt ein weißes Kleidchen und eine Schlaufe im Haar und wird von einer jungen Frau im Arm gehalten. Mit der einen Hand schirmt es die Augen gegen die Sonne ab. Mutter geht auf die siebzig zu. Großvater und Großmutter sind längst tot.

Abendgesellschaft

Zum Freundeskreis der Popescus zählten Politiker, Ingenieure und Wissenschaftler. Auch ein Pope gehörte dazu, und sogar ein Henkersknecht, der beim Sturz des letzten russischen Zaren mitgeholfen hatte. An den Soirées, die in der Wohnung der Popescus stattfanden, erschienen die Herren stets in Begleitung ihrer charmanten, gebildeten Damen. Wir führten höchst anregende Gespräche und wurden von unseren Gastgebern mit rumänischen Spezialitäten und edlem Wein verwöhnt.

Klara bestaunte das schwarze, mit Pailletten bestickte Abendkleid ihrer Nachbarin. Es stand ihr ausgezeichnet. Und wie es schillerte im Kerzenlicht! Sie würde sich auch ein solches Kleid kaufen, falls es Eugen erlaubte. Frau Popescu lächelte und flüsterte ihr den Namen des Geschäfts ins Ohr. »Kommen Sie.« Herr Popescu, groß gewachsen und mindestens fünfzehn Jahre älter als seine Frau, trug wie immer einen grauen Anzug mit Bügelfalten. »Ich möchte Ihnen Herrn Florescu vorstellen. Ein alter Freund von mir. Ein sehr interessanter Mann.« Sie folgten ihm in den hinteren Teil des Wohnzimmers, das mit vielen Teppichen ausgestattet und in ein flackerndes, von Tabakrauch durchzogenes Licht getaucht war. Klara warf einen Blick auf das schulterfreie Abendkleid von Madame Cadar, einer jungen Französin, die mit einem rumänischen Geschäftsmann verheiratet war – und streifte ihren Seidenschal ein wenig zur Seite, damit die Silberbrosche, die sie sich an die dunkelblaue Bluse gesteckt hatte, besser zur Geltung kam. »Corvin.« Herr Popescu legte die Hand auf die Schulter eines untersetzten Herrn, der sich mit dem Paar unterhielt. Der mit Corvin angesprochene Mann wandte ihnen sein pockennarbiges Gesicht zu. »Darf ich dir unsere Nachbarn vorstellen? Herr und Frau Geck aus der Schweiz.« »Sehr erfreut.« Corvin Florescu zog die Augenbrauen zusammen. »Aus der Schweiz, sagen Sie? Sie sind auf Durchreise?« »Herr Geck arbeitet für die Firma Hofer«, fuhr Herr Popescu fort. »Er stellt seine Ingenieurskunst in den Dienst unseres Landes.« »Weil ich Rumänien liebe«, warf Eugen ein. »Ich liebe das rumänische Essen, die rumänische Sprache, den rumänischen Wein ...« Er schielte zum Buffet hinüber, das sich auf mehrere Tische verteilte und mit von Speisen überhäuften Platten, Tellern und Schüsseln lockte. »Die Herren werden sich bestimmt gut verstehen«, sagte Herr Popescu. »Herr Florescu hat nämlich im letzten Krieg unsere Reichtümer verteidigt.« »Im Dienstgrad eines Offiziers, jawohl«, ergänzte dieser. »Was haben Sie denn von Rumänien schon alles gesehen?« Eugen erzählte von Balcic und der Schwarzmeerküste und nannte die von ihm bestiegenen Berggipfel, und Klara erwähnte die Donauschifffahrt, die sie zusammen mit den Mitgliedern des Schweizervereins unternommen hatten. »Von Giurgiu aus sind wir nach Silistra gefahren.« »Wenn Sie möchten, machen wir mal einen gemeinsamen Ausflug nach Maglavit«, schlug Frau Popescu vor. »Dort hat vor ein paar Jahren Gott zu einem Hirten gesprochen! Dreimal ist dies geschehen. Zehntausende sind seither nach Maglavit gepilgert. Auch Politiker!« Sie wandte sich ihrem Mann zu. »Lass uns jetzt das Buffet eröffnen. Unsere Gäste scheinen hungrig zu sein.«

»Ganz zum Schluss ging die Geschichte dann doch noch gut aus«, erzählte Corvin Florescu und klaubte sich ein Stück von der Wurst, die neben den eingelegten Peperoni, den gefüllten Eiern und dem Auberginenmus lag. »Doch an den Anfang wollen wir uns lieber nicht erinnern. Der Blutpreis war ungeheuer hoch. Wissen Sie eigentlich, wer Doktor Iliescu war?« Sein Blick verweilte auf Klaras Silberbrosche. Drei grün schillernde Vogelfedern ragten aus dem Edelmetall. »Doktor Iliescu?«, fragte Eugen und teilte mit der Gabel eine Sarma entzwei. »Jawohl, Doktor Ciru Iliescu!«, wiederholte Herr Florescu. »Es ist nämlich eine Ehre, an der Straße zu wohnen, die seinen Namen trägt. Ich bin in meinem ganzen Leben keinem mutigeren Mann begegnet. Reihenweise sind die Soldaten der Seuche zum Opfer gefallen. Und er hat gekämpft. Viele hat er wieder gesund gepflegt. Bis er selber erkrankt und gestorben ist.«

»Dann lassen Sie uns auf Doktor Iliescu anstoßen!«, schlug Eugen vor und hob vom Tablett, welches das Dienstmädchen vorbeitrug, ein mit Rotwein gefülltes Glas. »Auf unseren Doktor.« »Und auf Sie, Herr Florescu!«, fügte Mircea Popescu hinzu. Der Sohn des Gastgebers wohnte mit seiner Frau und dem kleinen Mihai in der Wohnung nebenan. »Auf Ihren Heldenmut.« Die Gläser klirrten. »Was ich Sie schon lange einmal fragen wollte«, fing Eugen an und räusperte sich. Ob es vielleicht möglich wäre, dass die Mitglieder des Schweizervereins beim rumänischen Tennisclub trainieren könnten. Die Felder seien so schön gelegen. Und Doina liebe es, sich stundenlang im Planschbecken des angrenzenden Bragadiru-Bades zu vergnügen. »Da hat das Tiefbauunternehmen Rumpel mustergültige Arbeit geleistet«, sagte Eugen und erwähnte den Sprungturm, der sich mit seinen fünf Metern dreißig Zentimetern an internationalen Standards orientiere, und das Sportschwimmbecken, das in der Länge exakt fünfzig und in der Breite zwanzig Meter messe. Und dass zuerst ein Wasserumlauf durchwatet werden müsse, um das Becken vor Verunreinigungen zu verschonen, sei doch einfach eine geniale Idee. In seine Ausführungen hatte sich der Gesang einer Frau gemischt, der ihn noch mehr ins Schwärmen brachte. Niemand konnte sich der Wirkung der Lieder, die das Grammophon der sich drehenden Schellackplatte entlockte, entziehen. Die junge Französin wippte mit den Hüften. »Wie unsere Piaf, diese *Tănase*«, rief sie begeistert und sang das Lied, das soeben angestimmt wurde, mit: *»Păi cine iubeşte şi lasă …«*

Ştrandul Bragadiru

Ich hätte nicht zu sagen vermocht, wie lange ich schon auf dem Randstein saß, die Fenster des ersten Stockwerks im Blick, hinter denen diese Abendgesellschaften stattgefunden hatten, als ich zu den Fenstern des zweiten Stockwerks hinaufsah. Wer wohl in der Nachbarswohnung meiner Großeltern gewohnt hatte? Mutters Fotoschachtel kam mir in den Sinn: das Bild der vornehmen Frau. Sie hatte ein schmales Gesicht gehabt, einen hellen Teint und kunstvoll onduliertes, schlohweißes Haar. Auf einer anderen Fotografie war ihr Mann abgebildet. Wie seine Frau beugte auch er sich mit einem Ausdruck der Rührung über das kleine Mädchen, das einen Arm aus den Tüchern, in die es eingewickelt war, herausstreckte. An seinen Namen konnte sich Mutter nicht erinnern. Aber bei ihr hatte sie gesagt: »Das ist Tante Bibi«, und hinzugefügt: »Sie wohnte in der Wohnung nebenan. Ich glaube, sie war jüdisch.«

Schob dort oben eine Hand die Gardinen ein wenig zur Seite? Ich stand auf und fuhr zusammen. Der Hund im Vorgarten hinter mir – ich hatte ihn vergessen und er mich wohl auch – bellte wieder aus voller Kehle. Diesmal, so schien mir, bewegten sich die Gardinen ganz eindeutig. War da ein Kopf am Fensterrand? Und von einer Angst gepackt, man könnte mich zur Rede stellen und wissen wollen, was ich hier verloren hätte, floh ich.

Ohne mich noch einmal umzudrehen, ließ ich Gebell und Blicke hinter mir und eilte die Straße hinunter, auf die der Nachmittag lange Schatten gelegt hatte. Ich rannte zur Lichtung mit der Tankstelle, zum Kirchlein, zur Brücke. Kurz bevor ich die Brücke erreicht hatte, tat ich einen ungelenken Schritt. Ich stolperte, fing mich auf, doch es verdrehte mir das Knie. Ein stechender Schmerz zwang mich, innezuhalten.

Während ich auf einem Mäuerchen sitzend darauf wartete, dass der Schmerz nachlasse, musste ich an Großmutter denken und wie sie früher auf dem Nachhauseweg zu meinem Verdruss jedes Mal bei den Tennisfeldern stehen geblieben war. »Lass uns gehen«, bat ich. Doch sie hatte die vollen Einkaufstüten bereits auf den Boden gestellt. Ihre Pupillen waren zu zwei Punkten geworden. Sie fixierten den Ball, der über das Netz flog und mit einem dumpfen Ton auf dem roten Belag aufschlug, um erneut über das Netz geschlagen zu werden, während sich meine Finger in den rautenförmigen Drahtmaschen festkrallten. Ich rüttelte am hohen Zaun, hinter dem die Spieler trainierten, und verstand nicht, was Großmutter an diesem Hin und Her fand, war ahnungslos, in welche Welt sie sich in diesen Momenten absetzte. Den Mund ein wenig geöffnet, stand sie da, lächelte, wenn der Ball Volley abgenommen wurde, und stieß ein »Jawohl!« hervor, wenn ein Smash gelang. Trainierten Männer und Frauen in einem Mixed Play zu viert, so war es noch schwieriger, Großmutter vom Rand des Tennisfeldes wegzukriegen. Ich meckerte, zerrte sie am Ärmel in Richtung der Fußgängerbrücke, die über den Bach führte, wollte zum Haus, unter dessen Dach sie wohnte.

Doch Großmutter ließ sich nicht drängen. Sie wusste, wie ein Tennisschläger in der Hand liegt, sie kannte die Dehnung, wenn sich beim Aufschlag der Oberkörper nach hinten biegt und der Arm lang wird, bevor er nach vorne schnellt, sie nahm Teil am Glücksgefühl, wenn dank eines Spurts der Ball in letzter Sekunde gerettet werden konnte. Kurt und Emmy hatten einen drauf, trotz des Übergewichts, das sie schnell außer Atem brachte. Emmy überlistete den Gegner, indem die Bahn ihrer Bälle anders verlief als erwartet. Nicht zu Unrecht trug sie den Übernamen schöne Schneiderin. Und ihr Mann Kurt war nicht nur ein Kraftprotz, sondern auch ein Hüne. Einmal gelang es Klara, seinen gefürchteten Schmetterball abzunehmen. Darüber wurde noch lange geredet. War Eugen anderweitig beschäftigt, so bildeten Klara und Felix ein Team. Felix spielte besser als Eugen, er war schneller, und die Rückhand beherrschte er meisterhaft. Gegenseitig feuerten sie sich an, rannten in alle Ecken des Feldes, nach vorn zum Netz und nach hinten zur Linie, bis Klara in ihrem knöchellangen Tennisrock ins Schwitzen kam. Einen besonderen Einsatz des anderen quittierten sie mit einem »Bravo!« Und doch blieb das Spiel ein Spiel, ohne jene Verbissenheit, mit der Eugen es verdarb. Klara hasste die inszenierte Lässigkeit, mit der ihr Mann auf das Feld stolzierte. Für ihn, so schien ihr, war das Spiel eine Prüfung. Wer durchfiel, den bestrafte er mit Verachtung. Wie ein gealterter Musterschüler tätschelte er den Ball ein paarmal auf den Boden, bevor er kurz innehielt, über das Netz hinweg die Gegenseite fixierte und dann zum Anschlag ausholte. Ganz anders Felix. Für ihn war es unwichtig, wie das Spiel ausging. »Gewinnen oder verlieren«, sagte er immer, »ist letztendlich eine Frage des Glücks.«

Es war an einem Herbsttag nach einer solchen Partie, als Klara und Felix vom Tennisfeld zum Restaurant des Ştrandul Bragadiru hinüberschlenderten, das sich auf der höchstgelegenen von drei Terrassen befand. Felix, echauffiert vom Spiel, hatte die Hemdsärmel hochgekrempelt und den obersten Knopf geöffnet. »Wollen wir hier?« Er wies auf ein Tischchen hin, von dem aus man über das Vorwärmebecken hinweg zu den Schwimmbassins hinuntersah. Auf der Wasseroberfläche trieb das Laub der alten Kastanien. Klara setzte sich auf den Stuhl, den ihr Felix hinschob. »Das Planschbecken der Kleinen, schau bloß, wie leer es ist«, sagte sie. Felix setzte sich ebenfalls. »Es wird nicht der letzte Sommer gewesen sein«, erwiderte er. »Ich möchte nämlich den Kopfsprung mit einem Salto vervollkommnen.« »Mit einem Salto?« Klaras Blick folgte dem Zeige- und Mittelfinger seiner rechten Hand, die an einer imaginären Leiter emporkletterten und nach vorn trippelten, von wo aus die Kuppe des Zeigefingers in die Tiefe äugte, bevor die beiden Finger Anlauf holten, losrannten und einen dreifachen Salto in die Luft zeichneten.

»Quelle élégance!«, rief Klara und klatschte in die Hände. »Habe ich dir eigentlich schon gesagt, wie ausgezeichnet dir dieses Kleid steht?«, fragte Felix, nachdem der Kellner den bestellten Sekt und den Kaviar-Toast serviert hatte. »Wenn es Eugen erlaubt, führe ich dich kommenden Samstag ins Athenäum.« »Was wird gespielt?« »Beethovens Fünfte.« »Ich werde meinen Mann beethöflichst um Erlaubnis bitten.« Sein Lächeln glich den Bläschen, die vom Boden ihres Sektglases emporstiegen und, an der Oberfläche angekommen, in die Luft hüpften. Der Wind strich Klara durchs Haar und rauschte in den leuchtend roten Blättern des Kirschbaums hinter ihr. »Wenn es sein muss, fünf Mal.« Auf dem Tisch, auf ihrem weißgepunkteten Kleid, auf seinem blauen Hemd tanzten Schatten im Licht. Ein heller, gläserner Klang. Felix nippte am Sekt, Klara tat es ihm gleich. Sein Bein streifte das ihre. »Und nach dem Konzert«, sagte er, »fahren wir unter dem Triumphbogen hindurch und weiter, bis hinaus zum Parcul Herăstrău.« Die Blasen platzten auf ihrer Zunge – hatte sie richtig gehört? Das Rauschen erfuhr ein Crescendo. Da war wieder sein Bein. Sie legte den Kopf in den Nacken und saß neben ihm in einer Kutsche, die sich, über das Kopfsteinpflaster ratternd, dem Triumphbogen näherte. Über ihr flackerte das Laub wie die rotgelben Federn eines Wundervogels, der seine vielen Flügel büschelte.

Klara spürte, wie Felix' Blick über ihren Hals strich, über die Stelle, die sie nach dem Spiel mit dem Lavendel-Parfum betupft hatte. »Schrecklich schön ist es hier«, sagte sie, »man möchte für immer bleiben.« Das Lächeln auf ihren Lippen begann zu zucken, als Felix' dunkle Augen ihren Blick erwiderten. »Wenn er bloß nicht ständig anrufen würde …« Sie senkte den Kopf und berührte mit den Fingern die Stirn. »Wer ruft die ganze Zeit an?«, fragte Felix. Klara versuchte, ihre Gedanken zu ordnen, doch es gab keine Klarheit, eine Ordnung schon gar nicht. Eine einzige Verwirrung verschiedener Eindrücke stürzte auf sie ein, aus denen Eugens Wutausbruch obenaus schwang, als sie ihm vergangene Woche gestand, sie habe an der Strada Lipscani ein rubinrotes Stickgarn gekauft, und ein maisgelbes und ein türkisfarbenes dazu, der Glanz der Seide habe sie verzaubert. Was ihr eigentlich in den Sinn komme, hatte Eugen gebrüllt, als sie auch noch ein grauviolettes und ein olivgrünes Garn auf den Küchentisch legte. Ob sie einen Esel gefunden habe, der Goldklumpen scheiße. Dieses Zeug trage sie augenblicklich in den Laden zurück. »Kaum ist er weg, klingelt das Telefon.« Klara nippte am Glas und hoffte, die Blätter über ihr würden wieder zu wogen und zu rauschen beginnen. Felix neigte seinen Oberkörper zu ihr hin. »Wer ruft an?« Es blieb ruhig im Kirschbaum, und Klara spürte eine Hemmung, weiterzureden. Sollte sie sich Felix anvertrauen? Sollte sie ihm erzählen, wie sehr sie die Anrufe ihres Schwiegervaters belasteten? Dass er es sich zur Angewohnheit gemacht hatte, mittels schrillen Klingelns in die Wohnung einzubrechen und – grußlos – nach seinem Sohn zu verlangen? Eine heftige Böe drückte die Baumkronen flach. Gerade noch rechtzeitig griff Klara nach ihrem Sektglas. Das Glas in der einen Hand, hielt sie sich mit dem Daumen und dem Zeigefinger der anderen die Nase zu und äffte, die Stimme verstellend, den nasalen Befehlston ihres Schwiegervaters nach: »Wo treibt er sich die ganze Zeit herum? Er soll mich au-gen-blick-lich an-ru-fen! Ist das notiert?« Sie lachten. »Was will denn der alte Geck von Eugen«, fragte Felix und biss in den mit Kaviar bestrichenen Toast. »Er lockt mit einer städtischen Stabsstelle. Seit Kriegsausbruch befiehlt er seinen Sohn nach Berlin.« Felix stockte beim Kauen. Ein wenig Kaviar fiel vom Toast, der in seiner Hand in Schieflage geraten war, auf den Teller. Klara strich eine Haarsträhne, die sich aus dem Knoten gelöst hatte, hinters linke Ohr, von wo sie der Wind gleich wieder hervorholte. Wie ein dünner Finger zeigte sie auf Felix. »Keine Angst«, sagte Klara. »Wir bleiben in Bukarest. Eugen hat hier Arbeit, die ihm gefällt.«

Knochen

Ich tippte im Zwischentürbereich den Code ins Kästchen und stieß, auf das akustische Signal hin, die dritte Tür auf. An der Spitalatmosphäre, die das College beherrschte, hatte sich trotz der Rückkehr der Studenten nicht viel verändert. Gestalten geisterten wie Schatten durch das lichtdurchflutete Treppenhaus, huschten einen Gang entlang und verschwanden. Als ich das zweite Stockwerk erreicht hatte, hörte ich Klingeltöne. Ich beeilte mich, nahm mit dem schmerzfreien Bein zwei Stufen auf einmal und entlastete den nächsten Schritt, indem ich mich auf das Chromstahlgeländer stützte. Meiner Nachbarin, die mit verquollenen Augen ihr Zimmer verließ, murmelte ich ein Grußwort zu und sperrte rasch die Tür zu meinem Apartment auf. Sie habe jetzt ein Sulzer-Gelenk, hörte ich Mutters Stimme sagen. Ausgerechnet ein Produkt jener Firma, für die ihr Vater einst gearbeitet habe. Die Operation sei gut verlaufen, es sei ja schon unglaublich, was heutzutage alles machbar sei.

»Du hast ein künstliches Hüftgelenk?«

»Und was für eines!«, antwortete Mutter. Sie könne sich kaum vom Röntgenbild losreißen. Das künstliche sei tausendmal schöner als das echte. Der Arzt habe ihr alles ganz genau erklärt. »Mit dem Skalpell setzen sie den ersten Schnitt – natürlich erst, nachdem alles gründlich desinfiziert worden ist. Zuerst wird das Bein mit orangeroter Farbe bemalt. Dann setzen sie den Schnitt, und zwar dort, wo sie mit einem Stift eine Linie gezeichnet haben. Die Haut wird geschlitzt, Fett und Muskeln durchtrennt und Querspangen eingesetzt, damit der Knochen freiliegt. Sie fräsen ein Stück des Knochens heraus und stecken den Keil des neuen Gelenks ins Mark.«

»Warum hast du mir nichts davon gesagt?«

»Du sollst dir doch keine Sorgen machen. Die Narbe«, fuhr Mutter fort, »reicht von der Hüfte bis Mitte Oberschenkel und ist wunderschön genäht. Es sind sage und schreibe vierundzwanzig Hefte.« Sie schwieg, als staune sie über die eben genannte Zahl. Dummerweise hätten sich zwei ein wenig entzündet. Aber das sei nun wirklich nicht weiter schlimm. Der Arzt sei jedenfalls sehr zufrieden mit ihr. Wenn sie so weitermache, könne sie schon bald wieder ohne Krücken gehen. »Und weißt du, worauf ich mich am meisten freue?« Mutter machte eine kurze Pause, bevor sie die Frage, die sie gestellt hatte, gleich selber beantwortete. »Auf den Schrebergarten!« Den habe sie nämlich in letzter Zeit sträflich vernachlässigt. Es gebe dort ungeheuer viel zu tun. »Ich muss den Thujahag schneiden und den Rosenspalier zurückstutzen. Und dann muss ich endlich dafür sorgen, dass die Scheinzypresse gefällt wird. Das ist das Dringendste von allem. Der Stamm ist morsch. Ich will nicht riskieren, dass der Baum beim nächsten Sturm auf das Häuschen kracht. Und wie geht es dir«, erkundigte sich Mutter. »Gut«, antwortete ich zögernd. »Ich habe das Haus gefunden.« »Das Haus?« »Das Haus, in dem ihr gewohnt habt.« »Ach ja?«, machte Mutter und schwieg. Ich lauschte und hoffte, Mutters Stimme kehre zurück und verjage die Stille. Doch wie sehr ich auch den Hörer ans Ohr presste, alles, was ich wahrnahm, war das Rauschen meines eigenen Blutes. Dann wünsche sie mir noch einen schönen Aufenthalt, sagte Mutter schließlich. »Danke«, antwortete ich. »Und dir gute Besserung.« »Danke. Alles Gute. Tschüss.«

Kunstwerk

Die Aussicht, die ich von meinem Schreibtisch aus habe, verändert sich ständig. Anfänglich habe ich die Häuser hinter den Bäumen gar nicht wahrgenommen. Ich hatte den Meisen zugeschaut, die auf den schwarz vernarbten Birkenzweigen herumgehüpft waren. Mit der Zeit hatten sich die tropfenförmigen Blätter in flirrend gelbes Licht verwandelt. Erst als die Kronen kahl wurden, traten die Fassaden der gegenüberliegenden Häuser hervor. Sie erinnern mich an Schiffswracks. Seitlich verstrebte Antennen stecken in den Dächern, und die Satellitenschüsseln, die an den verfleckten Mauern kleben, sehen Muscheln ähnlich. Zwischen den Häusern bläht sich Bettwäsche, die in unterschiedlichen Zeitabständen von einer alten Frau auf- und abgehängt wird. Es ist kühler geworden, und der Himmel ist häufig bewölkt. Statt der Meisen hocken nun Nebelkrähen in den Bäumen. Sie hacken auf Essensresten herum, die sie im Abfall gefunden und in die Bäume hinaufgetragen haben. Durch das Fenster zu meiner Linken sehe ich einen Buntspecht, der unermüdlich auf einen toten Stamm einhämmert. Ab und zu fliegt ein Schwarm Türkentauben vorbei. Zieht er eine Kurve, so werden die Vögel silbrig wie Fische. Wie wenn die Stadt, in der meine Großeltern ein neues Leben beginnen wollten, auf dem Meeresboden läge.

Hinter der Fensterfront war es Nacht geworden. Die Glühbirne meiner Schreibtischlampe spiegelte sich im Glas. Ich betrachtete das Weiß meiner Augen, die beleuchtete Seite meines Gesichts. Dann blätterte ich unschlüssig in Großvaters Memoiren. Mit dem Daumen hob ich mehrere Dutzend Seiten an, brachte sie in eine Krümmung und ließ sie wie Spielkarten niederprasseln.

Es gibt Berufe, in denen das Wort »vielleicht« in aller Munde ist, las ich an zufällig aufgeschlagener Stelle. *Für den Ingenieur hingegen zählen einzig und allein ein klares »Ja« respektive ein ebenso klares »Nein«. Entscheidungen fällt er auf der Grundlage exaktester Berechnungen. Um eine Heizung zu konzipieren, muss er die Charakteristika der Pumpen genauso berücksichtigen wie den Heizwert des Kessels, die Durchmesser der Rohre, das Isolationsmaterial usw. Erweist sich das System, nachdem es aufgrund solcher Berechnungen gebaut und in Betrieb genommen worden ist, als funktionstüchtig, so empfindet der Ingenieur unweigerlich jenes Gefühl, das auch ein Künstler empfinden muss, wenn er sein vollendetes Werk betrachtet.*

Eine der interessantesten Baustellen befand sich am Nordhang der Karpaten in der Nähe des Städtchens O. mitten im Wald. Das Leitungsnetz lag unter freiem Himmel, und da Dampf als Hitzemittel verwendet wurde, stellte die optimale Rückgewinnung von Wasser aus der Kondensierung eine knifflige Aufgabe dar. Bei dieser Gelegenheit hatte ich das Vergnügen, mit Monsieur D. bekannt zu werden, einem Rumänen französischer Herkunft, der die Interessen einer großen rumänischen Partnerfirma vertrat. Um keine kostbare Zeit zu verlieren und am nächsten Morgen wieder in Bukarest zu sein, reiste ich gewöhnlich mit dem Nachtzug zurück. Doch einmal hatte die Sitzung etwas länger gedauert und ich war gezwungen, in O. zu übernachten. Ich nahm mit Monsieur D. im Restaurant eines kleinen Hotels das Abendbrot ein, und da wir beide große Verehrer der Kunst waren, mangelte es uns nicht an Gesprächsstoff. Unsere Betrachtungen über Dürer, Rubens und Rembrandt deckten sich annähernd, manchmal sogar vollständig, und als ein kleines Orchester an unseren Tisch herantrat und eine melancholische Melodie anstimmte, berührte uns die Musik derart, dass uns die Tränen kamen. An jenem Abend verließen wir den Speisesaal als Letzte. Da sämtliche Zimmer belegt waren, teilten wir uns sein Zimmer. Doch kaum hatten wir uns hingelegt und das Licht gelöscht, keimte ein neues Gespräch auf. Wir kamen auf die wunderbaren und rätselhaften Erscheinungen dieser Welt zu sprechen. Besonders die Lichtgeschwindigkeit faszinierte uns, jene Grenze, hinter der die Reihenfolge von Ursache und Wirkung nicht mehr definiert ist. Mitten in der Nacht spürte ich im Halbschlaf, wie Monsieur D. meine Decke, die auf den Boden gerutscht war, hochhob und mich wieder ordentlich zudeckte. Diese Geste bestärkte mich in meiner Hochachtung, die ich diesem Mann gegenüber empfand.

Ich legte die Memoiren beiseite und versuchte zu schlafen. Doch immer wieder weckten mich metallene Klopfgeräusche, die aus der Heizung drangen. Und schlummerte ich ein, so quälten mich konfuse Traumbilder, an die ich mich, kaum war ich erwacht, nicht mehr erinnern konnte.

Unausgeschlafen stieg ich am nächsten Morgen in einen Zug und fuhr an Ölraffinerien vorbei in das Prahowatal hinein, das sich wie eine Kerbe in den Karpatenbogen schnitt. Über den Abhängen hingen von der Morgensonne beleuchtete Wolken, durch die hindurch Felsen und Bergspitzen sichtbar wurden. Der Zug hielt in Sinaia, von wo aus mein Großvater zur Besteigung des Omu aufgebrochen war, und kam an Predeal vorbei, wohin sich der jüdische Schriftsteller Mihail Sebastian zurückgezogen hatte, wann immer es ihm möglich war. Über seinen zunehmend schwierigen Alltag in Bukarest hatte ich in seinen Tagebüchern gelesen und in seinem Roman *Der Unfall* das winterliche Kronstadt kennengelernt, die Station, die auf Predeal folgte. Einen Moment befand ich mich wieder in jener tief verschneiten Landschaft, sah die von der Schneelast nach unten gebogenen Tannenäste, an denen die beiden Romanfiguren mit ihren Skiern auf dem Rücken vorbeiwanderten auf der Suche nach einem Schlafplatz in einer der Schutzhütten weiter oben, da sie weder in Kronstadt noch anderswo ein freies Zimmer gefunden hatten.

In den Schilderungen seiner Exkursionen macht sich Großvater selber zum Helden. Ungeachtet der Warnungen seiner Freunde, eine Besteigung des Omu sei zu dieser Jahreszeit viel zu riskant, bricht er Anfang November frühmorgens von Sinaia aus auf. Bald schon gelangt er an einen Wasserfall, wo der Weg endet. Nach einem Versuch, den Hang am Rand des Wasserfalls hinaufzuklettern, kehrt er um. Er findet einen anderen Weg. Dieser führt zu einer Bergwand, an der eine Leiter lehnt. Die Sprossen sind morsch, es kostet ihn Mut, sie zu benützen. Oben empfängt ihn ein von einer dünnen Schicht Schnee überzogenes Hochplateau. Er isst das Brot, das er eingepackt hat, und genießt die Aussicht und die Stille, als ihn der Nebel überrascht. In der Hoffnung, der Nebel verziehe sich, wartet er, doch der Nebel wird, im Gegenteil, immer dichter. So geht er weiter, und da er kaum etwas sehen kann, lauscht er umso aufmerksamer. Unter seinen Schuhen knirscht der Schnee. Er kommt an Grasbüscheln vorbei, deren Halme mit Raureif besprüht sind und die wie verwunschene Inseln aussehen. Schließlich trifft er auf die Spur eines Pferdes. Wo ein Pferd ist, muss auch ein Reiter sein, denkt er sich, und folgt der Spur wie einem Weg. Am Anfang pfeift er ein Wanderlied, doch der Weg zieht sich, und der Nebel lockert nicht auf. Allmählich spürt er, wie er müde wird. Die Schneeschicht ist dünner geworden, an manchen Stellen ist das Gras nass und die Erde schwarz, und er ist froh, hat sich die Spur noch nicht verloren. Vögel krächzen, der Nebel gibt ein paar Felsen preis, die Spur führt direkt in eine Höhle hinein. Dort liegt der Kadaver des Pferdes. Krähen, die dem Tier die Augen aushacken, fliegen auf. Und wie Großvater nicht mehr weiterweiß, bricht ein Sonnenstrahl durch den Nebel, der sich lichtet und auflöst. Eine Bergspitze ragt in den stahlblauen Himmel, weit oben erkennt er die Gipfelhütte des Omu.

Alle paar Schritte musste ich eine Pause einlegen. Am schlimmsten war der Durst. Meine Kehle war derart ausgetrocknet, dass ich nicht einmal mehr um Hilfe rufen konnte. Als ich endlich bei der Hütte angekommen war, ließ ich mich auf einen Stuhl fallen. Unfähig zu sprechen, gab ich mit Handzeichen zu verstehen, man möge mir etwas zu essen und zu trinken bringen. Eine junge Frau mit blonden Zöpfen trug eine Suppe auf, dazu servierte sie Brot und Wurst und ein Glas Wein. Nachdem ich mich gestärkt und ausgeruht hatte, nahm ich den Abstieg unter die Füße. Der Himmel war jetzt zwar wolkenlos, doch der Tag schon weit vorgerückt, sodass ich mich beeilen musste. Als ich in der Nähe eines hohen Felsens ein Gebimmel hörte, wie von einem Glockenspiel, hielt ich dennoch inne. Neugierig geworden, schaute ich nach. Ich sah riesige Eiszapfen, die an einem Felsvorsprung hingen. Von der Nachmittagssonne angetaut, brach einer nach dem anderen ab und stürzte in die Tiefe, wo die Zapfen auf einer Geröllhalde aufschlugen und in tausend Stücke zersplitterten. Gerade noch rechtzeitig vor Einbruch der Nacht erreichte ich den Bahnhof von Buşteni, von wo aus mich der Zug zurück nach Bukarest brachte.

Beweisstück

»Und Sie sind sicher, dass Ihr Großvater hier gearbeitet hat?« Der großgewachsene Mann sprach deutsch mit Akzent. Ich sei gekommen, um genau dies herauszufinden, antwortete ich. Großvater erwähne in seinen Memoiren den nahe gelegenen Ort O. Der Quality Manager der Chemischen musterte mich. Sein Kopfhaar war dicht und viel zu schwarz im Vergleich zu seiner gealterten Gesichtshaut, deren Farbe an Kalkstein erinnerte. Die Falten auf seiner Stirn sahen aus wie parallel verlaufende Hügelzüge. Keine Mimik bewegte dieses Gesicht. Die Hände – er hatte die linke über die rechte gelegt – spiegelten sich im Glanzlack einer Fläche, die wie ein horizontaler Schild vor ihm lag. Ich hatte mich auf der anderen Seite des Tisches auf den mir zugewiesenen Klappstuhl gesetzt.

»Die Anlage wurde zwischen 1936 und 1940 gebaut.« Der Quality Manager brachte seine Hände in eine Gebetsstellung. »1980 wurde die Heizung ersetzt. Über das alte System sind keine Informationen erhalten.« Ob es nicht irgendwo eine Deponie gebe, wo Teile der alten Heizung liegen könnten, fragte ich. Es wäre der Beweis, dass er tatsächlich hier gearbeitet hatte. Der Quality Manager blickte durch mich hindurch. Er hatte einen kleinen Kubus aus Plexiglas hochgehoben, in dem eine rumänische Nationalflagge en miniature steckte, und begann, damit herumzuspielen: Den Kubus zwischen Daumen und Zeigefinger klemmend, ließ er das Fähnchen verkehrt herum über dem Schreibtisch baumeln. Was heute hier hergestellt werde, fragte ich. Der Quality Manager antwortete auch diesmal nicht. Es machte den Anschein, als sei er in Gedanken irgendwohin verrutscht und dort erstarrt. Das Einzige, was sich bewegte, war die Flagge, die kopfüber hin und her pendelte, bis ihm der Kubus aus den Fingern glitt und das Objekt auf die Tischplatte knallte.

Er schreckte auf und sah sich um, als müsste er sich vergewissern, wo er sich befand. Dann griff er zum Telefonhörer, zögerte, legte den Hörer wieder auf den Apparat, nahm stattdessen sein Handy aus der Hosentasche, tippte eine Nummer ein, sagte etwas auf Rumänisch und erhob sich vom Stuhl. »Kommen Sie«, forderte er mich auf. »Ich zeige Ihnen die Anlage. Es wird einen Moment dauern.«

Wir traten aus dem Verwaltungsgebäude, einem Bungalow aus Beton, in eine Gartenanlage hinaus. In die Form gestutztes kniehohes Buschwerk säumte das Wegnetz. Dazwischen waren Rabatten angelegt. Rosenstrünke warteten auf den nächsten Frühling. Mein Begleiter führte mich an einem wuchtigen mehrstöckigen Gebäude aus rostroten Eisenplatten vorbei. Wie ein Bär, dachte ich, der sich aufgerichtet hat und den Eingang im Blick behält, bereit zu verteidigen, was sich hinter ihm befindet: ein Dickicht aus Rohren, mit Schaumstofffetzen und Maschendraht umwickelte Rohrgelenke, Rohre, aus denen der Rost ganze Stücke herausgebissen hatte und die den Weg wie Torbogen überbrückten. Rechts und links des Wegs standen Container aus Wellblech, allesamt voller Löcher und von Flecken übersät. »Die Firma hat sich auf die Spritztechnik von Hartplastik spezialisiert«, sagte der Quality Manager und machte eine lasche Bewegung mit dem Arm in Richtung der weißen und blauen Fabrikhallen, die zwischen den Rostquadern aus dem Boden ragten und selber aus Kunststoff zu sein schienen. »Wir stellen Skier her, Ventilatoren, Handschuhfächer für Dacias, Bierharassen, Kanister, Blumentöpfe, Gartenmöbel, Klobrillen, Schutzhelme für Bauarbeiter, Aschenbecher, Kleiderbügel, Fliegenpatschen.«

Vor einem verrosteten Zaun machte er Halt. Dieser Teil dürfe wegen Einsturzgefahr nicht betreten werden, erklärte er. Und ich sah durch das Gitter hindurch in eine Industrieruine, die sich aus abgebrochenen Rohrleitungen und Betonbrocken zusammensetzte. Wo einst Wände und Deckenkonstruktionen gewesen sein mussten, wuchsen nun Bäume in die Höhe, Fransen eines Waldes, der sich im Hintergrund über die Hügel zog.

»Was hat Ihr Großvater erzählt?«

»Ich habe ihn nicht gekannt, habe nie mit ihm gesprochen.«

Wir schlenderten denselben Weg zurück, vorbei an den neuen und den alten Baracken, dem »Bären«, der Grünanlage. Zum zweiten Mal trat ich auf das schwarz-weiße Schachbrettmuster, mit dem der Boden des Verwaltungsgebäudes ausgelegt war. Die Luft in der Eingangshalle hatte einen Graustich, genauso wie die Blätter eines mannhohen Gummibaums von schiefem Wuchs, auf denen sich eine Staubschicht abgelagert hatte. Der Quality Manager führte mich in jenen Raum zurück, in dem er mich eine halbe Stunde zuvor empfangen hatte. Wir setzten uns, er auf den Chefsessel, ich auf den Klappstuhl. Jemand hatte in unserer Abwesenheit zwei Dinge auf den Tisch gelegt: ein Bündel verschnürter Zeitungen und ein Heft im A4-Format.

»Hier steht, was ich Ihnen schon gesagt habe«, sagte der Quality Manager, nachdem er das Heft aufgeschlagen hatte. »Die Anlage wurde zwischen 1936 und 1940 gebaut.« Was damals produziert worden sei, fragte ich erneut und schielte auf das Heft, das er flach in den Händen hielt. Sein Finger rutschte über die in Schönschrift festgehaltene Firmenchronik: »Minen«, antwortete er mit reglosem Gesicht. »Panzerminen, Leuchtraketen, Munition.« Er schloss das Heft und schnürte das Zeitungsbündel auf. Eingeschlagen in das mit kyrillischen Buchstaben bedruckte Zeitungspapier kamen großformatige Pläne zum Vorschein, die er auseinanderfaltete und auf dem Tisch ausbreitete: dünne Striche, die in verschiedenen Farben nebeneinander herliefen, Haken schlugen, sich kreuzten, die Richtung wechselten und sich an gewissen Punkten verknoteten. Lineale hatten auf diesem Papier gelegen, sodass die Linien schnurgerade gezogen und millimetergenau abgezirkelt werden konnten. Römische Ziffern korrespondierten mit einer handschriftlichen Legende. Und am unteren Blattrand schwebte über den vertikalen Strichen des modernen Radiators der Firmenschriftzug der Hofer S.A.R. Bucureşti.

Ingenieur Eugen Geck riss die Pläne, die auf dem Tisch lagen, an sich. In nahezu akzentfreiem Rumänisch schrie er den Vorstandsvorsitzenden der rumänischen Partnerfirma an, er sei als Vertreter eines ehrenhaften und hoch qualifizierten Unternehmens zu dieser Sitzung erschienen, um gegebenenfalls Erklärungen bezüglich des Heizungstyps abzugeben, um den es sich hier handle. Er sei nicht gekommen, um zuzulassen, dass sein Unternehmen auf solch üble Art und Weise beschimpft würde. Der Vorwurf eines ausländischen Komplottes sei nicht nur abstrus, sondern gefährde die Zusammenarbeit ernsthaft. Ihm persönlich liege ein starkes Rumänien am Herzen. Er selber sei deutscher Staatsangehöriger, die Firma, für die er arbeite, habe ihren Sitz in der neutralen Schweiz. Offenbar bestehe aus Gründen, die er nicht kenne, keine Bereitschaft zur Einsicht, dass die vereinbarten Lieferungen exakt das Gegenteil einer Schwächung Rumäniens zum Ziele hätten. Der Stuhl kippte und wäre rücklings auf den Boden gepoltert, hätte ihn Monsieur D. nicht in einem Reflex an der Lehne gepackt. Der Knall, mit dem die Tür zum Konferenzsaal zugeschlagen wurde, verhallte im Flur. Geck eilte zur Toilette, warf sich kaltes Wasser ins Gesicht. Sein Spiegelbild glotzte ihn mit einer Zornesader an der Schläfe an. Um Gottes willen, was hatte er angestellt! Weshalb hatte er sich in solchen Momenten nicht besser im Griff! Beim Gedanken an die möglichen Konsequenzen seines Wutausbruchs wurde er bleich. Vielleicht, dachte er, vielleicht ließe sich das Schlimmste – die Kündigung – abwenden, wenn Direktor Doktor Ingenieur Schwarz den Vorfall (das wäre das Wort, das er verwenden würde) möglichst bald, am besten jetzt gleich, von ihm selber erführe.

Ich rief ihn unverzüglich an und erzählte, was geschehen war. Dass der Vorfall derart geendet habe, täte mir leid, sagte ich und wollte soeben ein paar Entschuldigungen anfügen, da schnitt mir der Direktor das Wort ab und bedankte sich. Ich war perplex. Er selber hätte nicht besser reagieren können, bekundete er, und er sei sich sicher, dass die Firma dank meiner Intervention diesen Auftrag bekommen werde, was sich dann auch tatsächlich bewahrheitete.

»Damals waren diese Dokumente streng geheim!« Im Mund des Quality Managers bleckte eine Reihe künstlicher Zähne. Lachend – er lachte zum ersten Mal – wiederholte er: »Streng geheim!« Stolz … In mir regte sich Stolz. War ich stolz, diese Dokumente, zu denen mir die Hofer AG im firmeneigenen Archiv in der Schweiz keinen Zugang gewähren wollte, dank gewisser Hinweise in Großvaters Memoiren schließlich doch noch gefunden zu haben? Dass mein Großvater diese Pläne so fachmännisch gezeichnet hatte? Oder darauf, seine Enkelin zu sein? Ich blickte mich um, denn mir schien, es befinde sich noch jemand im Raum. Als wäre dieser Raum, in dem Großvaters Heizungspläne aus dem mit kyrillischer Schrift bedruckten Zeitungspapier hervorgeholt worden waren, ein Knotenpunkt im Labyrinth eines familiären, über die Generationen hinweg gewachsenen Gehirns. Da überrumpelte mich ein Gedanke, den ich nicht auf Anhieb verstand. Es verschlug mir den Atem, und ich brauchte einen Moment, bis ich ihn in eine Syntax bringen konnte. Ich dachte: Ohne diese Pläne gäbe es mich nicht.

»Ist das der Beweis, nach dem Sie gesucht haben?« Der Blick des Quality Managers fixierte mich. Ich nickte und versuchte, mir meine Verwirrung nicht anmerken zu lassen. »Wir haben es nicht anders gemacht«, sagte er in die Stille hinein. Seine Falten waren an ihren ursprünglichen Ort zurückgekehrt. »Es wird etwas geliefert, man kann es so oder auch anders verwenden.« Er stützte die Ellbogen auf der Tischplatte auf und beugte den Oberkörper nach vorn. »Das große Gebäude beim Eingang war eine Tarnung. Offiziell stellten wir Zwischenprodukte für Farbstoffe und Insektizide her. Die lukrative Produktion fand aber im hinteren Bereich statt. Wir fabrizierten Minen, Granaten und Munition, weit über das Kriegsende hinaus.«

»Sie schreiben ein Buch?«, fragte er, als er mich an den Rabatten vorbei zum Ausgang begleitete. Seine Schritte waren leicht, fast hüpfte er neben mir her wie ein Bub. Ich nickte erneut. »Eine Dokumentation über das Leben Ihres Großvaters?« »Einen Roman«, antwortete ich. Er hoffe, er habe mir bei meinen Recherchen behilflich sein können, sagte der Quality Manager dieser auf die Spritztechnik von Hartplastik spezialisierten Firma und kickte einen Stein weg, der auf dem Weg gelegen hatte.

Schweizerhaus

Zurück im New Europe College, sperrte ich mit dem ersten Schlüssel das Tor im Eisenzaun auf und mit dem zweiten die äußere Eingangstür des Neubaus. Im Zwischentürbereich wusste ich nicht mehr weiter. Auf gut Glück tippte ich eine Nummernkombination ein, doch das akustische Signal, das auf eine korrekte Eingabe folgte und wissen ließ, dass sich die innere Tür automatisch geöffnet hatte, blieb aus. Ich drückte die Clearing-Taste und versuchte es erneut. Der Code musste innerhalb von zwanzig Sekunden eingetippt sein. Meine Hände begannen zu zittern, ein dritter Versuch. Kurz darauf wurde Alarm ausgelöst. Ich war in der Sicherheitsschleuse gefangen wie eine Einbrecherin, wo ich doch in mein Apartment wollte, duschen, weiterschreiben. Die Sirene heulte in einem hohen, gleichbleibenden Ton. Vergeblich stemmte ich mich gegen die verschlossene Innentür. Die Sirene, so schien mir, heulte jetzt noch eindringlicher. Wie sollte ich diese Situation den rumänischen Polizisten erklären? »Innerhalb von fünf Minuten sind sie da«, hatte Frau Buda gesagt. Ich würde meinen Namen nennen müssen, sie würden einen Ausweis verlangen und meine Personalien aufnehmen, um abzuklären, ob ich tatsächlich hier wohnte. Die Vorstellung, von der Polizei registriert zu werden, behagte mir nicht. Wie leicht rutscht ein Name, einmal eingetippt, aus Versehen in irgendwelche Listen, wo er gar nicht hingehört. Und wenn ich mich weigerte, einen Ausweis zu zeigen? Sich mit der Polizei anzulegen ist wohl der falscheste Weg, überlegte ich. Besser, ich mache, was von mir verlangt wird, und denke nicht darüber nach, ob diese Daten dauerhaft gespeichert, weitergegeben oder gleich wieder gelöscht würden.

»Irgendwann einmal passiert das jedem von uns«, sagte Frau Buda, die herbeigeeilt war und mich befreite. »War es schön in den Bergen?«, fragte sie, nachdem sie die Angelegenheit mit den Polizisten, die in einem Range Rover vorgefahren waren, für mich geregelt hatte. »Und Ihr Buch? Kommen Sie voran? Läuft es?« Sie lachte. »So sagt man doch auf Deutsch. Wann waren eigentlich Ihre Großeltern hier?« »Sie kamen 1936«, antwortete ich. »Sie verbrachten einen Teil der Kriegsjahre in Bukarest.« »Dann waren sie bei der Gründung des Schweizerhauses dabei!« Frau Buda sah mich an, als hätte sie einen Abkömmling der Gründerdynastie vor sich, deren Reich sie verwaltete. »Haben Sie sich den rekonstruierten Trakt schon angeschaut?« Ich verneinte. »Vergessen Sie nicht, die Lichtschranke zu deaktivieren, bevor Sie diese Räume besichtigen«, mahnte sie. »Sie erinnern sich an den Code?« Ich notierte mir die Zahlenfolge auf einem Zettel. »Es gibt übrigens noch einen weiteren Raum, der Sie interessieren könnte. Er liegt zwei Stockwerke unterhalb Ihres Apartments und ist vom Park aus zugänglich. Es sind dort allerhand Dinge von früher aufbewahrt. Soviel ich weiß, ist auch das Buch dabei, in welchem die Geschichte des Schweizerhauses festgehalten ist. Wenn Sie wollen, zeige ich es Ihnen.«

Der Raum war klein und vollgestopft mit Regalen und alten Möbeln, man konnte sich kaum bewegen. Während Frau Buda nach dem Buch suchte, das sie erwähnt hatte, überflog ich die Buchrücken in den Regalen: Gesamtausgaben von Gottfried Keller, Jeremias Gotthelf, Goethe, Schiller. Ein Buch mit dem Titel *Der Knabe des Tell* war quergestellt. Das Umschlagbild präsentierte den Schweizer Nationalhelden mit Armbrust und Sohn, der den vom väterlichen Pfeil durchschossenen Apfel in der Hand hielt. Ich blätterte in einem abgegriffenen Büchlein, das mit *Lieder aus der Heimat* betitelt war, und las die Inschrift auf einem Champagnerkübel, die besagte, dass ihn der Kegelverein gestiftet habe. »Hier«, sagte Frau Buda, »hier, das ist es.« Sie schlug ein dickes, mit einem Ledereinband ummanteltes Buch auf: »Durch den Willen der Schweizerkolonie ...«, lesen Sie selber, sagte sie und hielt mir das Buch hin.

DURCH DEN WILLEN DER SCHWEIZERKOLONIE BUCAREST WURDE IM SOMMER 1940 DAS SCHWEIZERHAUS GESCHAFFEN, ALS HEIMSTATT DES SCHWEIZERGEISTES IN RAT UND TAT, ZUR WAHRUNG ECHTER SCHWEIZERART IM FREMDEN LANDE, ALS KULTURELLES UND GESELLIGES ZENTRUM UNSERER GENERATION UND SAMMELPUNKT DER JUGEND UNSERER KOLONIE.

Auf der nächsten Seite stießen wir auf eine handschriftlich verfasste, alphabetisch geordnete Liste, die sich über mehrere Seiten hinweg fortsetzte und die Namen jener Vereinsmitglieder festhielt, die sich mit einer Spende am Kauf der Liegenschaft beteiligt hatten. Ich ging die Liste durch. Unter den über einhundert Einträgen fand sich auch Großvaters Name. Verglichen mit den anderen Vereinsmitgliedern hatte Eugen Geck allerdings eine auffallend kleine Summe beigesteuert. »Vielleicht war er jüdisch«, witzelte Frau Buda, und ich hörte mich lachen. Stichflammenartig schoss das Lachen aus mir heraus. Erschrocken schloss ich den Mund. Frau Buda blätterte weiter, als sei nichts geschehen: »Hier sind die gespendeten Einrichtungsgegenstände aufgelistet«, sagte sie, »und hier die Namen der Gönner im In- und Ausland.« Ein Blatt Papier fiel zu Boden, das zuhinterst im Buch gelegen hatte. Ich hob es auf. Es war der Kaufvertrag, den die Käufer mit dem ehemaligen Besitzer, einem gewissen Herrn Leiba Rabinovici, abgeschlossen hatten. Es musste ein dritter oder vierter Durchschlag sein. Das dünne Papier war durchscheinend geworden, der Abdruck der Buchstaben, in der Courier-Schrift einer mechanischen Schreibmaschine gesetzt, undeutlich. Die verblichenen Zeichen schienen aufgequollen, als hätten sie jahrzehntelang im Wasser gelegen. In der oberen rechten Ecke stand das Datum. Es ließ sich als der 25. April 1940 entziffern.

Der erste Kriegsfrühling: Deutsche Truppen marschierten in die Beneluxländer ein, General Guisan mobilisierte die Schweizer Armee zum zweiten Mal, und in Bukarest diskutierten die Vereinsmitglieder, wie sie das neu erworbene Schweizerhaus instand setzen wollten. Sitzungen wurden einberufen und Arbeitsgruppen gebildet. Präsident Ingenieur Ackermann schlug vor, den Raum links des Eingangs als Konferenzsaal zu nutzen, während der Esssaal seiner Meinung nach am besten in den beiden straßenseitigen Zimmern eingerichtet werden sollte. Dafür spreche, dass die beiden Zimmer durch eine Flügeltür miteinander verbunden seien, die bei Bedarf geöffnet werden könne. Gubler fragte nach, wo denn der Rauchsalon vorgesehen sei, und die Damen äußerten den Wunsch nach einem Zimmer zum Schneidern und Stricken. Emmy Schmid gab zu bedenken, dass die Küche aus praktischen Überlegungen in der Nähe des Esssaals liegen müsste. Auch brachte sie den besorgniserregenden Zustand der sanitären Einrichtungen zur Sprache. Das Dach habe parkseitig ein Loch, fügte Gubler hinzu und mokierte sich ein weiteres Mal über die Höhe des Kaufpreises. Er verstehe nicht, was Ackermann daran vorteilhaft finde. Ein Augenschein vor Ort habe gezeigt, dass die Heizung ersetzt werden müsse, gab Geck zu Protokoll, und Ackermann warf ein, die Kosten für Umbau und Renovation dürften nicht aus dem Ruder laufen. Man hätte eben beim Kauf des Hauses sparen sollen, rüffelte Gubler. Sein hageres Gesicht wurde spitz und knochig wie dasjenige eines

Windhundes. Nur die Schweizer seien heute noch blöd genug, einem Juden so viel Geld zu zahlen. Andere hätten längst das Enteignen entdeckt. Das sei kein Gegenstand, worüber er sich zu unterhalten bereit sei, konterte Ackermann.

Die Diskussion drehte sich in der Folge um die Frage, wer sich um die Einrichtung des Jassstüblis kümmere, ob Musikzimmer und Singsaal zusammengelegt werden sollten und ob anstatt eines Ausstellungsraumes nicht besser einem Schulzimmer der Vorrang zu geben sei, um die Kinder in Schweizer Geografie und Geschichte zu unterrichten. Die Niederlande kapitulierten, Mussolini erklärte England und Frankreich den Krieg, deutsche Panzertruppen rückten in Richtung Paris vor – und in Bukarest verwandelte sich das Schweizerhaus in eine Baustelle, die nach Mörtel und Farbe roch.

Aufruf

Endlich, dachte Klara, als sie die Schritte ihres Mannes durch das Treppenhaus näher kommen hörte. Faruk hatte zu winseln begonnen und tänzelte vor der Tür hin und her. Als die Klinke gedrückt wurde, verschluckte er, auf Klaras »psst« hin, ein Bellen. »Bist noch wach?«, fragte Eugen und kraulte dem Dackel, der an ihm hochsprang, den Kopf. »Ich muss mit dir reden«, antwortete Klara. Eugen legte seinen Hut auf die Garderobe, den Mantel hängte er auf einen Bügel. »Worüber denn?« Er warf einen kontrollierenden Blick in den Spiegel und strich sich mit dem Kamm die Haare vom Seitenscheitel aus über die Glatze. »Es ist schon sehr spät.« Klara war auf dem Sofa sitzen geblieben und sah zu, wie er seine Schuhe abstreifte und in die Pantoffeln schlüpfte. »Ich wüsste nicht, wann du sonst Zeit für ein Gespräch hättest«, antwortete sie, »du bist ja ständig unterwegs.« Eugen holte sich ein Glas Wasser aus der Küche. »Also gut«, willigte er ein und ließ sich mit einem Seufzer in den Sessel fallen. »Mach es kurz. Was gibt's?«

»Du musst Farbe bekennen«, begann Klara. Eugen sah an sich hinunter: »Hose: grau. Hemd: weiß«, rapportierte er. »Ich meine es ernst«, sagte sie, »du kannst nicht weiterhin auf verschiedenen Hochzeiten tanzen!« »Tu ich das?«, fragte Eugen. »Dein Vater hat wieder angerufen. Du sollst ihn zurückrufen.« »Da muss er sich leider gedulden.« Eugen spreizte die Finger und bewegte die Arme auf und ab, als forderte er seinen Vater zur Drosselung der Geschwindigkeit auf. »Er soll endlich begreifen, dass sein Sohn ein in Rumänien hoch geschätzter Ingenieur ist, der keinerlei Absichten hegt, nach Berlin zu ziehen.« »Dann sag ihm das bitte selber und mach dich nicht unerreichbar. Ich bin nicht deine Sekretärin.« »Das habe ich versucht«, rechtfertigte sich Eugen und stand auf. »Er kapiert es nicht.« »Moment, das ist noch nicht alles.« »Was noch?« »Ich war heute im Schweizerhaus. In den nächsten Tagen werden die vertriebenen Schweizer aus der Kolonie Chabag eintreffen. Wir haben ein Fürsorgekomitee gebildet. Emmy hatte die Idee, im künftigen Esssaal ein Matratzenlager einzurichten, da hält mir Frau Gubler vor versammelter Runde das *Bukarester Tageblatt* unter die Nase. Hier!« Klara war aufgestanden und streckte ihrem Mann die Zeitung hin. »Was ist denn dabei?«, fragte Eugen, nachdem er den Aufruf an die Volksdeutschen in Bukarest, sich zur Erhebung persönlicher Daten auf der Geschäftsstelle zu melden, gelesen hatte. »Ich verstehe nicht, weshalb dich das so aufregt.« Er überflog den Aufruf abermals. »Wir zählen uns doch gar nicht zu den Volksdeutschen. Wir sind Reichsdeutsche im Ausland.« »Ich bin keine Deutsche!« Klara zerriss die Zeitung. »Ich will mit dieser Partei nichts zu tun haben!«, und sie zerriss die Zeitung gleich ein zweites und ein drittes Mal. »Ich habe diesen Krieg auch nicht gewollt.« »Hättest du dich damals rechtzeitig eingebürgert ...« »Komm mir jetzt bitte nicht wieder mit dieser Leier«, fiel ihr Eugen ins Wort. »In deinen Augen bin ich an allem schuld. Wegen mir sind die Nazis in Paris.«

Klara ließ sich auf das Sofa zurückfallen und weinte hemmungslos. Eugen blickte auf seine Armbanduhr, dann auf seine weinende Frau. Schließlich setzte er sich neben sie und legte seine Hand auf ihre zuckende Schulter. »Ich weiß«, sagte er leise, »es ist kompliziert. Wir müssen abwarten und das Beste aus dieser verworrenen Situation machen. Ich kann es nicht ändern.« Er strich ihr übers Haar. »Was soll ich denn tun?«, fragte er, als sie nicht reagierte. »Soll ich etwa die rumänische Staatsbürgerschaft beantragen?« Er gähnte. »Es ist spät. Ich gehe jetzt schlafen.« Klara warf den Kopf herum: »Und wenn die Russen nach Bukarest kommen?« Sie sah Eugen mit einem verzweifelten und zugleich wütenden Blick an. »Was machen wir dann? Ich gehe nicht zu deinem Vater nach Berlin. Auf gar keinen Fall gehe ich nach Berlin!« »Aber davon ist doch gar keine Rede! Die Russen kommen nicht bis Bukarest. Dafür sorgt der Waffen-Öl-Pakt, den Deutschland mit Rumänien abgeschlossen hat.« »Und weshalb helfen diese grandiosen Deutschen den Rumänen nicht? Weshalb unternehmen sie nichts, sondern schauen einfach zu, wie russische Truppen das halbe Land besetzen?« »Kalkül«, antwortete Eugen, »Krieg ist ein Geschäft, es wird getauscht.« Er hielt den Handrücken vor den Mund, um ein weiteres Gähnen zu verstecken. »Schläft die Kleine bei uns?«, fragte er mit Blick auf das leere Kinderbett. Klara nickte. »Sie wollte im Papabett einschlafen.« »Lassen wir sie dort. Ich nehme mit dem Sofa vorlieb.« Behutsam öffnete er die Tür zum Balkonzimmer und schlich hinein, um seinen Pyjama zu holen. Doina lag seitlich zum Fenster hin. Die eine Hand hielt sie zur Faust geballt vor dem Gesicht. Ihre blonden verschwitzten Härchen waren aus der Stirn nach hinten gestrichen. Wie groß sie schon ist, dachte Eugen. Wie rasch sie sich verändert! Durch Fenster und Balkontür fiel von der Straße her ein wenig Licht ins Zimmer und legte einen seidenen Glanz auf Doinas Haut. Eugen betrachtete die kleine Nase, die ernsten Wangen, die breite, gewölbte Stirn – sie war nach ihm geraten und hatte auch seinen Willen, wenn sie etwas erreichen wollte. Und doch gab es auf der ganzen Welt kein verletzlicheres Gesicht als dasjenige seiner kleinen Tochter.

NATIONALFEIERTAG

Über den Türen tollten Kinder: Sie pflückten Blumen, schmückten sich mit Blumen, spielten mit Blumen – ein in Stuck erstarrtes Paradies. Bei den Gipsputten handle es sich um originalgetreue Rekonstruktionen, hatte mir Frau Buda versichert, genauso wie bei der Deckenrosette, aus der eine Pendellampe heraushing. Der Parkettboden knarrte, als ich unter den Stuckkindern hindurch in das erste der beiden straßenseitigen Zimmer trat, die als Seminarräume genutzt wurden. Eine Schiebetür ersetzte die einstige Flügeltür. Beide Räume waren mit demselben Mobiliar ausgestattet: schwarze Tische mit Chromstahlbeinen, dazu passende Stühle.

Klara, die da gestanden hatte, wo ich nun stand, wusste nicht so recht wohin mit dem Kleidersack. Ein Bub von vielleicht sieben oder acht Jahren schnarchte leise im Schlaf. Er hatte struppige schwarze Haare. Auf seiner Stirn lag die Hand seiner Mutter, die in regelmäßigen Abständen leise Seufzer ausstieß. Einen Moment lang entspannte sich das Gesicht der Bäuerin, das braun und zerfurcht war, bevor sie unter einer Anstrengung, als wäre ihre Kehle etwas zu eng, wieder einatmete. Wie die beiden Frauen, die auf den Matratzen zur Wand hin schliefen, trug sie einen Rock, der nicht nur zu schwer war für die Jahreszeit, sondern auch verdreckt und zerschlissen.

Jemand öffnete die Eingangstür. Klara ging den Schritten, die sich vom Vestibül her näherten, entgegen. Es war Fräulein Gander, eine junge Schweizerin aus Chabag mit braunem Zopf und lebhaften braunen Augen. Sie hatte Klara am Vormittag von den Weingärten und Häusern erzählt, die sie an der Schwarzmeerküste zurückgelassen hatten und in die unterdessen wohl bereits russische Soldaten eingedrungen seien. »Stellen Sie sich vor«, sagte Fräulein Gander, nachdem sich die beiden Frauen begrüßt hatten, »die Handts haben sich auf der deutschen Botschaft gemeldet. Und nicht nur die Handts. Auch mein Bruder überlegt sich, ob er nicht im Sudetenland eine neue Existenz aufbauen könnte. Die Deutschen bieten nämlich nicht nur Land an, sondern auch Starthilfe bei der Wiederansiedlung.« Sie setzte sich auf einen mit eingetrockneten Farbspritzern gesprenkelten Klappstuhl. Nun sei sie unschlüssig geworden, ob sie wirklich zu dieser entfernten Verwandten in die Schweiz reisen solle, redete die junge Frau weiter. Die Schweiz sei ihr zwar immer als sicheres Land vorgekommen, schließlich habe sie den letzten Krieg unbeschadet überstanden. Doch wenn ihr Bruder nach Deutschland ziehe ...

Auf die Frage, wo das Sudetenland liege, zögerte Fräulein Gander. »In der Nähe von Prag.« Sie müsste sich das nicht zweimal überlegen, sagte Klara in einem Tonfall, der vorwurfsvoll klang. »Wir sind Bauern!«, gab Fräulein Gander ebenso streng zurück. »Wir brauchen Land! Land, das wir bepflanzen können! Was sollen wir denn tun? Wo uns der König im Stich lässt!« Der schwäbische Akzent verriet ihre Nähe zu den deutschen Nachbarn, mit denen sie Hof an Hof gelebt hatte. »Haben Sie etwas Geduld«, riet Klara. »Unser Botschafter ist dabei, nach Lösungen zu suchen. Sie feiern doch morgen mit uns den 1. August?«

Als Klara tags darauf mit ihrer Familie im Park hinter dem Schweizerhaus eintraf, hatten sich bereits weit über hundert Vereinsmitglieder versammelt. Im Getümmel hielt sie Ausschau nach Fräulein Gander. Die Kinder der Angestellten, die in den Schokoladenfabriken arbeiteten, schwenkten Schweizerfähnchen. Margrit Aebli vom Weißwarengeschäft an der Strada Lipscani war in einer Glarner Festtagstracht samt Radhaube erschienen, und sie war nicht die Einzige, die durch ihre Kleidung auffiel. »Gut siehst du aus mit dieser roten Weste«, sagte Klara zu Kurt und bewunderte die Alpenrosen-, Edelweiß- und Enzianstickereien im Revers. »Wenn bloß die Hosen nicht so eng wären«, antwortete Kurt. Tatsächlich spannten die gelben Lederhosen an Taille und Gesäß, und um das mit Messingkühen und -sennen verzierte Brustband herum zeichneten sich auf dem weißen Hemd Schweißränder ab. »Ihr zuliebe verkleide ich mich.« Kurt zeigte auf Emmy, die keine Tracht trug, da sie, wie sie sagte, leider nicht mehr hineinpasse. Fräulein Gander stand neben ihrem Bruder, ihrer Schwägerin und zwei Männern, die Klara nicht kannte. Felix Renner hatte sich zu einer Gruppe Botschaftsangestellter gesellt. Die Hände hinter dem Rücken verschränkt, hielt er den Kopf etwas schräg. Einen Moment lang trafen sich ihre Blicke und erzeugten eine Verbindung, die quer durch die Festgesellschaft ging.

Als sich Botschafter René de Weck anschickte, die Ansprache zu halten, erschrak Klara. Die eine Kerbe, die sich über dem Nasenansatz in die Haut schnitt, schien tiefer, die Haut dünner geworden zu sein. Die Lippen waren blutleer und blass, und die Wangen sahen aus wie versteinert. »Bei uns«, sagte der Botschafter und machte eine Pause, in die ein Kind hineinplapperte, »bei uns ist der Staat kein unfehlbarer Gott, der seine Gesetze diktiert. Bei uns sind die Bürger keine Sklaven, die sich aus Angst oder blinder Bewunderung an diese Gesetze halten. Unser Staat ist ein Haus, das wir selber gebaut haben. Es ist auf uns zugeschnitten, damit wir in Frieden zusammenleben können. Jeder Einzelne hat aus eigener Kraft und mit seinen Möglichkeiten zu diesem Werk beigetragen. Lasst uns gemeinsam fortführen, womit wir begonnen haben. Lasst uns dieses Haus weiter ausbauen und einrichten, damit es noch solider, noch schöner und noch gastfreundlicher wird. Wir wollen zusammenstehen, und wir wollen uns in aller Entschiedenheit gegen jene zur Wehr setzen, die dazu raten, einen Neubau aus dem Boden zu stampfen, der nichts mit uns zu tun hat. Vive la Suisse libre!«, rief der Botschafter der Festgesellschaft zu. Ein Applaus brach los. »Vive!«, rief auch Klara und klatschte in die Hände, als könnte sie mit diesem Klatschen den deutschen Pass in einen Schweizer Pass zurückverwandeln. Doina, die von Eugen in den Armen gehalten wurde, ahmte das Klatschen nach. Und während die Bläser die Schweizer Nationalhymne anstimmten und die Stimmen der Besucher im Chor verschmolzen, meinte Klara zu spüren, wie sich ihr Mann ein wenig an sie anlehnte.

Winter

Der Park hinter dem ehemaligen Schweizerhaus, den ich von meiner Terrasse aus sehen kann, ist kahl geworden. Die Birken ähneln Besen, die mit dem Stiel in den Boden gerammt worden sind. Durch die Wolkendecke dringt nur wenig Licht. Braun- und Grautöne bestimmen die Farbpalette. Der Buntspecht, der auf den toten Baumstamm eingehämmert hatte, ist verschwunden, und aus den Schornsteinen der Nachbarshäuser qualmt weißer Rauch. Ich gehe auf der Terrasse auf und ab, lockere Arme und Beine, rolle den Kopf.

Schon seit Wochen schlafe ich schlecht. Es klopft in der Heizung. Am Morgen vergesse ich das Hämmern. Der Tag lenkt mich ab, das Klopfen wird von anderen Geräuschen übertönt. Doch nachts nimmt es die Wohnung in Beschlag. Es weckt mich, und ich liege stundenlang wach.

Zuerst drehte ich die Heizung ganz auf, dann drehte ich sie ganz zu. Beides nützte nichts. Es klopfte unverändert. Ich ließ den Hausabwart kommen. Er drehte die Heizung auf. Er stellte sie ab. Da sei nichts zu machen, meinte er. In diesem Gebäude seien alle Heizkörper in Ordnung, die Heizung funktioniere einwandfrei. – Er zuckte mit den Schultern und ging.

Ich beginne zu frösteln, will in die Wohnung zurückkehren, mich wieder an meinen Schreibtisch setzen und weiterschreiben, da nehme ich etwas wahr, ein Geräusch, das ich nicht kenne. Ich schaue mich um. Vor dem eintönigen Grau der Wolken fliegen Punkte vorbei, größere und kleinere. Es sind hunderte, tausende, zehntausende, ein Schneegestöber aus schwarzen Flocken, die der Wind alle in dieselbe Richtung treibt. Jeder Punkt ist ein Vogel. Die tief fliegenden kann ich hören. Sie füllen die Luft mit Krächzen und mit Flügelschlägen. Wie ein gigantischer Trauerschleier, der sich von Horizont zu Horizont spannt, ziehen die Nebelkrähen nordwärts und verschwinden in der Nacht.

Beben

Über dem Eingang des frisch renovierten Schweizerhauses klaffte ein fingerdicker Riss. »Was für ein Jammer!«, klagte Emmy. »Sei froh, dass das Haus noch steht!«, antwortete Kurt und rückte die beiden Ledersessel, die Fritz Ackermann gestiftet hatte, an ihren Platz zurück. Klara wischte die Gipsstücke von den Sitzflächen, während Frau Gubler die elektrische Uhr, eine Leihgabe ihres Mannes, aufhob und wieder an die Wand hängte, von wo aus sie das Vestibül mit leisem Ticken füllte. »Die Schüssel aus Langenthal-Porzellan ist zerbrochen«, rief Emmy aus der Küche. »Und ach! Auch die Weingläser hat's erwischt.« Eine gusseiserne Pfanne fiel laut scheppernd zu Boden. Klara fuhr zusammen: »Wenn es bloß um Himmels willen nicht noch einmal ...«

Gegen drei Uhr in der Früh wurde ich von einem höllischen Lärm aus dem Schlaf gerissen, notierte Großvater, als er festhielt, was er in jener Nacht vom 10. November 1940 erlebt hatte. *Mein Bett kippte wie ein Schiff im Sturm von einer Seite auf die andere, die Außenmauern knirschten, und in den Trennmauern knackte es ganz entsetzlich. Vergebens tastete ich mit der Hand nach der Nachttischlampe. Meine Frau schrie um Hilfe, das Kind heulte. Ich wollte ihnen zu Hilfe eilen, doch ich konnte mich nicht bewegen! Putz bröckelte von der Decke. Ganze Stücke bra chen heraus. Ich hielt die Arme vors Gesicht und biss die Zähne zusammen, denn ich war mir sicher, dass ich im nächsten Augenblick unter der Zimmerdecke begraben würde.*

»Als es vorbei war«, Klara machte eine Pause und holte Luft, »da wusste ich nicht, ob ich tot bin.« »Die Stille danach war etwas vom Unheimlichsten«, fand auch Felix, der in der Mittagspause im Schweizerhaus vorbeischaute. »Bei mir hat das Denken ausgesetzt.« Emmy riss die Augen weit auf. »Zum Glück hat mich Kurt am Arm gepackt, und wir sind in die Nacht hinausgerannt.«

Wie war ich erleichtert, als ich Frau und Kind unverletzt in die Arme nehmen konnte! Unsere Nachbarin, deren Mann auf Geschäftsreisen war, kam zu uns hereingestürzt. Sie warf sich mir an den Hals und brach in Tränen aus.

Bertha Vermont trug den Namen ihres Mannes auf den Lippen: »Theo! Wenn ihm bloß nichts zugestoßen ist!« Die alte Frau stand weinend und schlotternd auf der Straße. Klara legte ihr eine Strickjacke um die Schultern, die sie beim Verlassen der Wohnung von der Garderobe gerissen hatte, doch die Kälte drang über die Füße, die lediglich in Pantoffeln steckten, in sie ein. Doina, Mihai und die anderen Kinder, die in den umliegenden Häusern wohnten, ließen sich kaum beruhigen, schrien, zitterten und schliefen schließlich erschöpft wieder ein. Man beriet, ob man in die Wohnungen zurückkehren sollte oder zumindest ein paar warme Sachen holen könnte. Oder ob mit Nachbeben zu rechnen sei. Vielleicht fände man beim Schießstand Unterschlupf? »Der ist bereits überfüllt«, sagte eine Stimme, die Mircea Popescu gehörte. Der junge Mann hatte eine Runde durchs Viertel gedreht und zündete sich nun eine Zigarette an. Er gleicht Codreanu, dachte Klara, die Doina in den Armen wiegte. Dasselbe schmale Gesicht, dieselben dunklen, gewellten Haare. Mircea ließ den Rauch durch die Nase entweichen. »Wissen Sie eigentlich«, fragte er Klara, als hätte er ihre Gedanken erraten, »dass Corneliu Zelea Codreanu von einer deutschen Mutter geboren worden ist?«

Allmählich kehrte man doch in die Häuser zurück, wenn auch mit mulmigem Gefühl. Als es dämmerte, überquerte Eugen auf dem Weg zur Arbeit den Boulevard Brătianu, der parallel zur Calea Victoriei verlief. Schon von Weitem hatte er die Rauchsäule gesehen. Nun ballte und bauschte sich der schwarze Qualm unmittelbar neben ihm. Eine Frau schrie ununterbrochen. Feuerwehrmänner rannten umher, deutsche Soldaten brüllten Befehle. Eugen gesellte sich zu den Schaulustigen – die einen verbargen ihre Nase hinter einem Schal, andere hatten den Mantelkragen hochgeschlagen – und starrte auf das Trümmerfeld, das vom Carlton-Hochhaus übrig geblieben war. »Was für eine Tragödie!«, stöhnte der Feuerwehrmann, der Eugen berichtete, was dieser Jahrzehnte später in seinen Memoiren festhielt:

Ein paar Hausbewohner hatten das Beben überlebt! Damit sie in den Trümmern nicht erstickten, hatte die Feuerwehr durch einen Schlauch Sauerstoff ins Kellergeschoss gepumpt. Fatalerweise hatte niemand daran gedacht, dass der Tank leck geworden und Heizöl ausgelaufen sein könnte. Das Feuer verbreitete sich explosionsartig und die Überlebenden, die sich schon in Sicherheit gewähnt hatten, verbrannten bei lebendigem Leib. Trotz übermenschlicher Anstrengungen der Feuerwehr, rumänischer und deutscher Soldaten sowie freiwilliger Zivilisten, die Eingeschlossenen zu befreien, kam jede Hilfe zu spät.

Großvater hielt inne, strich sich mit der Hand ein paarmal über die Glatze und notierte: *Ich wurde Zeuge, wie Krankenpfleger halbverkohlte, noch rauchende Leichen bargen.*

Märtyrer

Ich war in der Bibliothek gewesen, wo ich mich in letzter Zeit häufig aufhielt, hatte nach den großformatigen klobigen Bänden verlangt, zu denen das *Bukarester Tageblatt* gebunden war, hatte mich Woche um Woche durch die immer hasserfülltere, überheblichere Nazipropaganda vorwärtsgekämpft und saß nun erschöpft im überfüllten Bus, froh, einen Sitzplatz ergattert zu haben. Die Zeitungslektüre spukte in meinem Kopf herum: die offenkundige Freude, mit der die Abdankung des Königs aufgenommen wurde, die Genugtuung, als er das Land zusammen mit Elena Lupescu fluchtartig verließ. In den Wochen zuvor hatte er riesige Gebietsverluste hinnehmen müssen: Bessarabien und die Nordbukowina fielen an die Sowjetunion, und Nordsiebenbürgen war durch den zweiten Wiener Schiedsspruch Ungarn zugeteilt worden. Mit der Machtübernahme Marschall Ion Antonescus erlebe Rumänien einen großen Augenblick, hatte in der Zeitung gestanden, der wohl »am ergriffensten« von den vielen tausend namenlosen Kämpfern der Legionärsbewegung empfunden werde. Nach jahrelanger Verfolgung und unaussprechlichem Leid sei nun für sie der Tag angebrochen, an dem aus den Gräbern der hingemordeten Kameraden ihre sieghafte Idee emporsteige und der Verwirklichung entgegensehe.

Der Bus rollte ein paar Meter im Schritttempo und

hielt wieder an. Es hatte zu regnen begonnen, ein zügiger Regen, der den Straßen und Häusern die Farbe nassen Pappkartons verlieh. Ich wischte erneut mit dem Ärmel über die beschlagene Scheibe. Die Straßenlaternen, so hatte ich gelesen, waren an jenem 30. November in grüne Tücher gehüllt. Fahnen mit dem Symbol der Gardisten – drei waagrechte und drei senkrechte Balken, die einen Gitterrost bildeten – flatterten neben Hakenkreuzfahnen im beißend kalten Wind, und alle paar hundert Meter hingen grüne Plakate, auf denen in Großbuchstaben CORNELIU ZELEA CODREANU: PREZENT geschrieben stand.

Vierzehn Särge wurden aus der kleinen Kirche auf die Straße hinausgetragen. Sie enthielten die exhumierten Überreste Codreanus und seiner dreizehn Kameraden. Hinter den Familienangehörigen reihten sich hochrangige Politiker in den Trauerzug ein, allen voran Marschall Ion Antonescu und Horia Sima, der Anführer der Gardisten. Baldur von Schirach, bis vor kurzem Reichsjugendführer und nun Gauleiter von Wien, legte im Namen Hitlers am Sarg Codreanus einen Kranz nieder.

Deutsche Generäle und Offiziere dominierten die internationale Prominenz. Sie waren bereits seit Mitte Oktober im Land stationiert, schulten die rumänischen Streitkräfte und bewachten die Ölfelder. Angeführt von religiösen Würdenträgern näherte sich der Umzug im dichter werdenden Schneegestöber jenem Ort, wo die vierzehn Männer auf den Tag genau zwei Jahre nach ihrer Ermordung in einem Staatsbegräbnis beigesetzt wurden: dem Hauptquartier der Gardisten.

Umweg

»Was würde deine Großmutter sagen, wenn sie wüsste, dass du das Haus gefunden hast?« Meine Mutter fragt wie ein Mädchen, das von seiner Schwester ein gestohlenes Bonbon geschenkt bekommen hat. »Wo sie nie darüber reden wollte. Wo sie es sich verbeten hatte, überhaupt danach gefragt zu werden.« Unglaublich sei das. Sie wisse gar nicht, was sie mit den Fotos anstellen solle, die ich ihr geschickt habe. Momentan lägen sie auf dem Küchentisch. Ab und zu werfe sie einen Blick darauf. Besonders die rechte Seite des Hauses interessiere sie. Dort sei wohl der Sandkasten gewesen. Und wahrscheinlich sei dort auch das Huhn geköpft worden, das vorher frisch-fröhlich in der Küche herumspaziert sei. Wie toll sei dieses Huhn herumgeflattert, während der abgehackte Kopf bereits auf der Erde gelegen habe. Aus dem Hals sei Blut herausgespritzt, und das Blut habe überall rote Flecken hinterlassen. Aber an diesen Hauseingang erinnere sie sich nicht. Ein vollkommen fremder Eingang sei das für sie. Ob es denn keinen Hintereingang gebe, will Mutter wissen. Sie könne es sich nämlich nicht anders erklären, als dass sie mit Jenia – Mama habe ohnehin nie Zeit für sie gehabt – in der Regel die Hintertür benützt habe. »Könntest du bitte mal nachschauen, ob es diesen Hintereingang gibt?«

Das Gebell des Schäferhundes, der im Vorgarten des gegenüberliegenden Hauses am Zaun hochspringt, überschlägt sich, als ich das Gatter zum Vorgarten des Hauses mit der Nummer 18 öffne, und verstummt, sobald ich hinter der Hausecke verschwunden bin. Der Weg verläuft zwischen der Hausmauer und einem hohen Wellblechzaun. Er ist schmal und dunkel und führt um eine weitere Hausecke herum. Ich gelange auf einen kleinen Platz, auf dem ein Schuppen aus Wellblech steht. Davor sind Wäscheleinen gespannt. Ich betrachte die Rückseite des Hauses, bemerke die Tür. Drei Glasscheiben sind in den Holzrahmen eingesetzt. Der Treppenaufgang ist zu sehen, die weißgetünchte Wand, ein Handlauf aus Holz. Vor der untersten Stiege liegt ein Lumpenteppich.

Ich will Fotos schießen, als sich über mir ein Fenster öffnet, aus dem heraus mir eine alte Frau kurze Wörter zuruft. Da ich nichts darauf zu antworten weiß, werden sie immer spitzer, bis ihre hohe Stimme ein regelrechtes Geschrei veranstaltet. Sie streckt den Arm aus dem Fenster und zeigt mit dem Finger auf mich. Sie spricht nicht mehr mit mir, sondern mit dem jungen Mann, der hinter mir steht. Er hat ein rundes, freundliches Gesicht. »Mama mea«, sage ich und zeige ihm das Foto mit dem blonden Mädchen, das auf dem Balkon im zweiten Stockwerk rechts entstanden ist. Die Alte macht einen langen Hals. Sie wimmert. Der Mann ruft ihr etwas zu, was die Wirkung eines Stockes hat, den man von unten her gegen eine mit Wasser ge füllte Zeltplache stößt: Ein Wortschwall klatscht auf uns nieder.

Er wohne ebenfalls in diesem Haus, gibt mir der Mann zu verstehen, ich solle ihm folgen. Beim Haupteingang steht schon die Bucklige. Schimpfend will sie wissen, wer ich sei und was ich hier zu suchen habe. Ich zeige ihr das Foto. Sie nimmt es in die Hand und starrt auf das vergrößerte, in gelbliches Sepia getauchte Bild, auf dem ein dreijähriges Kind von einer jungen schwarzhaarigen Frau im Arm gehalten wird. Das Kind trägt ein weißes, mit einer gestickten Bordüre verziertes Kleidchen. Mit der einen Hand schirmt es das Gesicht gegen die Sonne ab. Die Alte rollt die Augen in den Höhlen. Wer jetzt in der Wohnung oben rechts wohne, frage ich den Mann, doch die Alte fuchtelt mit dem Foto in der Luft. Der Mann versucht, sie zu beschwichtigen, und übersetzt zwischendurch auf Englisch: Sie glaubt, ich sei gekommen, um Besitzansprüche geltend zu machen. Sie glaubt, ich wolle dieses Haus an mich reißen, ihr den Mietvertrag kündigen und sie aus ihrer Wohnung werfen. Ich mache mich aus dem Staub.

»Mutter? Es gibt einen Hintereingang!« »Siehst du? Ich hab's gewusst«, jubelt sie, wie wenn sie mich zu einem Versteck geführt hätte, das aus einer Zeit stammt, als die Welt mitsamt kopflos herumflatternden Hühnern noch in Ordnung war und es Mama, Papa, Farücheli, Jenia und einen Sandkasten gab, in dem sie zusammen mit dem Nachbarsbub Mihai Kuchen backte. Mutter jauchzt wie ein Kind.

»Kommst du mich in Bukarest besuchen?«

Am anderen Ende wird es still. Mutter stopft ihr Schweigen in die Leitung. Ich presse den Hörer ans Ohr, bis es rauscht. »Ich weiß nicht …«, sagt sie schließlich, »… ich glaube nicht, dass ich das will«, und hängt auf.

Hatz

Nachts ist das Klopfen in der Heizung besonders laut. Es knallt in den Rohren, wie wenn sich kleine Explosionen ereignen würden. Der Lärm weckt mich, und ich finde mich in einem Raum wieder, der mich an ein Spitalzimmer erinnert. Mein Bett ist schmal und hart. Ich lausche, versuche, einen Rhythmus auszumachen. Ich spitze die Ohren, zähle, tippe dazu mit dem Finger auf das Leintuch. Wie sehr wünschte ich, eine Regelmäßigkeit erkennen zu können! Gelänge dies, das Hämmern würde augenblicklich eine einschläfernde Wirkung entfalten. Doch ich komme nicht hinter den Takt, es gibt keinen Takt, keiner, der sich mir erschließt. Das ist das Beunruhigende an diesem Klopfen: Es pocht auf die Willkür. Die Explosionen sind unberechenbar, nie weiß ich, wann die nächste kommt und wie laut sie sein wird. Entsteht ein längeres Intervall, so lausche ich umso angestrengter und hoffe, das Hämmern sei ein für alle Mal vorbei. Dabei ist jede Stille nur eine vermeintliche; in Wirklichkeit schaufelt sie den Weg frei für die nächste Explosion. Je länger die Stille andauert, desto verkrampfter liege ich im Bett. Mein Atem ist flach. Meistens entlädt sich nach einer solchen Pause eine ganze Serie von Schlägen, die von einem Knall beendet wird.

Ich hole Luft, versuche, die Nackenstarre zu lösen. Es ist Großvater, denke ich, er ist im Heißwasser eingesperrt und schlägt von innen gegen die Rohre. Er hämmert, bis er müde wird. Dann ruht er sich aus, um nach einer Weile wieder mit neuer Kraft gegen die Rohre zu schlagen. Ich gähne, schaue mich im kargen Zimmer um. Meine Augen kreisen über die Zimmerdecke, die Wände, das Regal. Die Vorhänge sind zugezogen. Woran kranke ich? Wovon soll ich genesen? Die Schlaflosigkeit zermürbt mich. Irgendwo bellt ein Hund. Großvater klopft nun schon seit Wochen, nächtelang. Mal hämmert er laut und energisch, als schlüge er mit einer Zange oder einem Schraubenzieher gegen die Rohre. Dann lässt der Krach nach. Aus purer Erschöpfung schlummere ich ein.

Und wieder liege ich wach. Dumpf vor Müdigkeit drehe ich mich auf die eine Seite, dann auf die andere, und so weiter. Und es war in einer dieser schlaflosen Nächte, als ich mich plötzlich daran erinnerte, dass ich einmal den Versuch unternommen hatte, Großmutter zu interviewen. Ich hatte damals eine Stelle als Radiojournalistin angenommen und fand, Großmutter sei doch eigentlich eine wertvolle Zeitzeugin. Also nahm ich zum sonntäglichen Mittagstisch, zu dem Mutter Woche für Woche einlud, das Tonbandgerät mit. Mutter hatte Großmutters Leibspeise gekocht. Sie hoffe, man könne es essen, sagte sie, als sie die Polenta schöpfte, ein Gericht, das Großmutter von Rumänien her kennen musste. Doch davon wussten wir nichts. Und während Mutter nach dem Essen die Teller wegräumte und Großmutter ihr lobende Worte in die Küche hinterherrief, schob ich rasch eine leere Kassette ins Gerät. Beiläufig erklärte ich Großmutter mein Vorhaben, als wäre es das Selbstverständlichste der Welt: »Ein Interview, zu Übungszwecken. Du hast so viel erlebt!« Meine Stimme zitterte, und der Gaumen war trocken, also sprach ich lauter: »Du warst doch in Rumänien!« Ich lachte kurz auf und schaltete das Mikrophon ein, testete, ob der Ton ausschlägt, »eins zwei eins zwei«, pegelte die Lautstärke aus und drückte dann gleichzeitig die Tasten Play und Record. Die Fragen hatte ich auf einem Schreibblock notiert. Ich las die erste ab und sah auf.

Großmutters Gesicht hatte feine Risse bekommen, wie haardünne Kiemen, die sich über ihre Wangen zogen und sich kaum sichtbar öffneten und schlossen. Ich hatte gefragt, was sie in Bukarest während des Krieges erlebt habe. Die Kiemen verbreiterten sich, ihre Augen wurden gläsern. Sie schwieg, doch ich spürte, dass sie antworten wollte. Wie sie sich über den Kriegsverlauf informiert habe, fragte ich in die Stille hinein. »Hattet ihr Zeitungen? Hast du Radio gehört? Habt ihr von der Massenvernichtung der Juden gewusst?« Großmutters Kiemen fächelten. Ihre Augen standen sperrangelweit offen wie zwei Triumphbögen, und ich konnte sehen, wie sich dahinter hunderte von Türen befanden, die zum Teil schief in den Angeln hingen, von einer Böe gegen die Wand geschmettert wurden und zuknallten.

»Man hat weggeschaut«, antwortete Großmutter, »wenn die Gardisten die Juden aus der Straßenbahn zerrten. Man wollte nicht wissen, was mit ihnen geschieht. Man hat nicht nachgefragt, wenn gewisse Familien plötzlich verreist waren. Wir waren dann einfach ein paar Frauen weniger in der Runde, die strickten.«

Sie schwieg, holte Luft, schwieg erneut – und ich wollte schon die Stopptaste drücken und mich bedanken, da sprach Großmutter ein Wort aus, das wie ein aus der Ferne heranrollender Donner klang. Sie sagte: »In Bukarest kam es zu schweren Pogromen.«

Als ich mir zu Hause die Aufnahme anhören wollte, schwiegen die Lautsprecher. Kein Wort drang aus dem Gehäuse. Ich spulte das Band an den Anfang zurück und drückte nochmals auf Play. Nichts. Bloß ein leises Rauschen. Das Band lief. Es war leer. Ich hatte vergessen, während des Gesprächs die Pausentaste zu lösen, und ungewollt verhindert, dass Großmutters Antworten, die einzigen, die sie über die Kriegszeit in Bukarest gegeben hatte, aufgezeichnet wurden.

In Großvaters Memoiren suche ich das Wort Pogrome, ohne Erfolg. Ich blättere vor und zurück. Finde das Jahr 1941. Ende Januar. Da: *Keine drei Monate waren seit dem Erdbeben verstrichen, als Bukarest von einer Art Aufruhr erschüttert wurde. Auf dem Nachhauseweg ging ich wie immer, ohne etwas Böses zu ahnen, den Bulevardul Brătianu entlang bis zu einer Querstraße, die zur Calea Victoriei führte. Ungewöhnlich viele Menschen drückten von der Calea Victoriei her in diese Seitenstraße. Je weiter ich vorankam, desto dichter wurde das Gedränge. Ein Polizeiagent schrie: »Inapoi! Inapoi! Se trage!«, was so viel hieß wie: »Zurück! Zurück! Man schießt!« Da ich ganz dringend pinkeln musste, drängelte ich mich trotz dieser Warnung durch die zurückweichende Menschenmasse nach vorn und erreichte schließlich die Calea Victoriei, die ich rennend überquerte. Hinter einem Wall aus Sandsäcken sah ich Soldaten liegen, die Gewehre im Anschlag. Ich hörte Kugeln pfeifen. Glücklicherweise zielten die Soldaten nicht auf mich, doch ich traute mich nicht, meinen Weg fortzusetzen. Also rannte ich zum Cişmigiu-Park. Der Parkwächter setzte mir das Bajonett, das auf seinem Gewehr befestigt war, an die Brust. Ich bat ihn, mir Zutritt zum Pissoir zu gewähren, da ich nicht gerne in die Hosen mache. Da lächelte der nette Mann und ließ mich durch. Wie behaglich war mir zumute, als ich mich endlich erleichtern konnte.*

Ist das alles? Ich suche in Mihail Sebastians Tagebüchern. Der Schriftsteller war im Sommer 1940 ins Militär eingezogen worden und hatte tage- und nächtelange Märsche quer durch Rumänien zu überstehen. Nach der Machtergreifung Antonescus verlor er, wie alle jüdischen Staatsangestellten, seine Stelle, und anstatt Militärdienst zu leisten, musste er nun Zwangsarbeit verrichten. »Schläfrigkeit, Apathie, ohnmächtige Angst – das ist mein jetziges Leben«, notierte er wenige Tage vor Ausbruch der Pogrome. Damals wohnte er noch einmal für kurze Zeit in seiner Einzimmerwohnung im sechsten Stockwerk eines neunstöckigen Wohnblocks an der Calea Victoriei. Am 22. Januar wurde er Zeuge derselben Szene, die Großvater beschrieben hatte. Er hielt sie noch am selben Abend fest: »Gegen vier Uhr sah ich, wie Soldaten vor unserem Wohnblock Stellung bezogen. Gegen fünf fielen die ersten Schüsse. Ich konnte nicht verfolgen, was vor sich ging, da alle Balkone sofort geräumt werden mussten, aber ich sah noch, wie einige Hundert Demonstranten vom Palast her kamen. Ich ging in die Wohnung und ließ die Tür zur Terrasse halb offen stehen. Die Gewehrsalven konnten die Menschen nicht übertönen. Es wurde gerufen, gesungen, gebrüllt. Immer wieder zwei, drei Stimmen, die sich aus dem Tumult abhoben: ›Schießt nicht, wir sind eure Brüder!‹«

Die Truppen hätten lediglich in die Luft geschossen, erfuhr Sebastian vom Pförtner. Schließlich hätten sie den Gardisten den Weg freigegeben. In der Nacht vernahm er immer wieder Schüsse und Detonationen, die sich im Morgengrauen verstärkten. Tags darauf qualmten in Brand gesteckte Häuser. Und die Bewohner der Stadt sahen und erfuhren, was die Gardisten mit den Frauen gemacht hatten, und mit den Kindern. Und dass sie die Juden ins Schlachthaus von Străuleşti getrieben hatten!

Großmutters Kiemengesicht kommt mir in den Sinn. Ich nehme den Tennisausweis zur Hand und betrachte das Foto, das sie im Alter von dreißig Jahren zeigt. Ein Mittelscheitel teilt das nach hinten gekammte Haar. Die

Augenlider sind halb geschlossen. Ihr Blick ist nach innen gerichtet. Immer wieder hört sie die schweren Schuhe, die das Treppenhaus hochtrampeln, die sich nähernden Stimmen der Gardisten, das Sturmläuten und das Treten gegen die Nachbarstür, bis das Holz splittert. Die Hilfeschreie der Vermonts. Angstschreie, Bittschreie, Todesschreie, wenn bloß das Kind nicht erwacht! Heftiges Gepolter bringt die Gläser in der Vitrine zum Klirren. Hinter der Wand, durch die seit dem Erdbeben ein Riss mäandriert, grölen die Gardisten, als prosteten sie sich zu. Wo sind die Schreie? Weshalb ist es plötzlich so still? Klara will sich nichts vorstellen und doch entwickeln sich Bilder, flüchtige, sich überlagernde Möglichkeitsbilder, während Eugen die deutschen Pässe bereitlegt: für alle Fälle.

Wörter

Wieder erschreckt mich das Telefon. Wieder ist es Mutter, die mich anruft. »Es fehlt mir einfach ein Zimmer!«, sagt sie und zählt der Reihe nach auf: »Rechts neben dem Eingang war das Balkonzimmer, da habe ich geschlafen. Geradeaus war das Wohnzimmer, rechts das Badezimmer, hinten die Küche. Aber wo war das Elternschlafzimmer?« Sie könne es drehen und wenden, wie sie wolle, es fehle ihr ein Zimmer. Sie schaue sich die Fotos an, die ich ihr vom Haus geschickt habe, und krame in ihren Erinnerungen, doch sie komme einfach zu keinem Schluss. Dafür seien ihr zwei Wörter in den Sinn gekommen. Ich solle sie doch bitte schön im Wörterbuch nachschlagen und ihr sagen, ob es diese Wörter überhaupt gebe. »Also das eine«, sagt Mutter und macht eine Pause, »das eine heißt gunoi.« »Gunoi?«, frage ich. »Gunoi«, bestätigt Mutter. »Ich glaube, das bedeutet schmutzig, im Sinne von nicht anfassen, Finger weg ... Hast du es gefunden?« »Abfall«, lese ich vor. »Genau!«, ruft sie. »Der Abfalleimer stand in der Küche hinten links.« »Und das zweite?« »Das zweite heißt frischga. Frischgä«, wiederholt Mutter, wobei sie diesmal das a am Schluss wie ein ä ausspricht. »Und was heißt frischgä?«, frage ich, während ich im Wörterbuch blättere. »Schlagsahne!«, antwortet Mutter wie aus der Kanone geschossen. »Da«, sage ich. »Du hast recht. ›Frişcă‹ wird mit ›Sahne‹ oder ›Schlagsahne‹ übersetzt.« Mutter lacht. »Das ist alles, was in meinem alten Kopf hängen geblieben ist«, sagt sie. »Frişcă und gunoi. Schlagsahne und Müll.« Sie lacht. Und lacht.

Übrigens, sagt Mutter, habe sie einen neuen Reisepass beantragt, ihr jetziger sei nämlich, wie sie festgestellt habe, längst abgelaufen.

»Heißt das, du kommst nach Bukarest?«

Sie wisse noch nicht, ob sie komme, entgegnet Mutter. Und falls sie komme, so allerhöchstens für zwei Tage. Zwei Tage – und zwei Nächte –, das müsste reichen. Auf gar keinen Fall wolle sie mich bei meiner Arbeit stören. »Das tust du nicht«, antworte ich. »Ich würde mich über deinen Besuch freuen.« »Bist du dir da auch ganz sicher?« »Ich könnte abklären, ob wir die Wohnung besichtigen dürften.« »Reiß dir bloß kein Bein aus!« Mutters Stimme geht auf Distanz. Sie habe sich noch nicht entschieden, sagt sie. Es klingt wie eine Warnung.

Visum

Da ich eine Reise in die Schweiz unternehmen wollte … Großvater schloss einen Moment die Augen. Die Ereignisse purzelten durcheinander, als würden sie von den zahlreichen Nachbeben erschüttert, vor denen sich die Menschen zu Tode fürchteten. Er überlegte. Im Frühjahr 1941 fand die nationale Volkszählung statt, und im Sommer brach die rumänische Armee in Richtung Sowjetunion auf, um Bessarabien und die Nordbukowina zurückzuerobern. Am Tag, als diese Entscheidung bekannt gegeben wurde, fielen die Menschen mitten auf der Straße auf die Knie und flehten Gott an, er möge ihnen in diesem heiligen Krieg gegen den Bolschewismus beistehen. Von da an änderte sich der Tonfall seiner Frau, wenn sie ihm die verpasste Einbürgerung vorwarf. Er wurde gehässig und, nachdem die Bombardierungen begonnen hatten, verzweifelt. Schließlich verwandelten sich ihre Klagen in Forderungen. Er müsse jetzt endlich etwas unternehmen, bevor es zu spät sei. Das sei er ihr und dem Kind schuldig. Er müsse alles versuchen, um sie in Sicherheit zu bringen. Alles!

Großvater öffnete die Augen, las den Satzanfang, den er geschrieben hatte, und fuhr fort: *…, sah ich mich gezwungen, bei der deutschen Gesandtschaft vorbeizugehen, um die Formalitäten zu regeln. Man ließ mich wissen,* *dass die Bearbeitung meines Begehrens eine gewisse Zeit in Anspruch nehme, und so war ich keineswegs erstaunt, als ich ein paar Tage später einen Brief erhielt mit der Aufforderung, mich im Büro Nr. ... einzufinden. Unverzüglich kam ich der Vorladung nach. Die Empfangsdame führte mich in einen Raum, in dem bereits drei Männer nebeneinander an einem Tisch saßen. Man hieß mich, ihnen gegenüber Platz zu nehmen. Die Herren sagten kein Wort. Während wir warteten, öffnete sich in meinem Rücken die Tür, und eine Sekretärin legte ein Dossier auf den Tisch. Ich konnte gerade das Wort »Geheim« auf dem Umschlag entziffern, als sich die Tür in meinem Rücken ein zweites Mal öffnete. Ein Mann von imposanter Körpergröße und einer mit ranghohen Abzeichen dekorierten Uniform trat ein. Ohne sich selber vorzustellen, fragte er, ob ich Eugen Geck sei. Auf meine bejahende Antwort hin fing er an, mich auf eine derart vulgäre Weise zu beschimpfen, dass es mir glatt die Sprache verschlug. Ich sei ein verdammter Schweinehund, schrie er, schlug das Dossier auf und beschuldigte mich, enge Beziehungen zu Schweizern, Franzosen, Juden und Russen zu pflegen. Zudem hätte ich mich, anstatt termingerecht bei der NSDAP, Ortsgruppe Bukarest, vorstellig zu werden, unter dem abstrusen Vorwand, ins Landesinnere reisen zu müssen, noch am selben Tag ins Schweizerhaus begeben, wo ich mich mit einem Angestellten der Schweizer Botschaft getroffen hätte. Diesen Aktivitäten werde nun unverzüglich ein definitives Ende gesetzt. Innert Wochenfrist sei ich von der deutschen Wehrmacht rekrutiert.*

Instinktiv schnellte ich hoch und antwortete diesem Typen, ich verstünde leider nicht, wovon hier die Rede sei. Mein Ahnenpass sei einwandfrei, ebenso derjenige meiner Frau. Und was meine Einverleibung in die deutsche Armee betreffe, so würde Deutschland seinem Verbündeten, dem Königreich Rumänien, einen Bärendienst erweisen. Ich sei nämlich unverzichtbar für die Realisierung gewisser Installationen, welche die Bewaffnung der rumänischen Armee sicherstellten.

Erst nachdem ich den Raum verlassen hatte, begriff ich, in welch hohem Maße ich bedroht war. Aufgrund der Vorwürfe dieses Rohlings musste ich annehmen, dass ich bereits seit Längerem beschattet wurde und dass es unter den Mitgliedern des Schweizervereins Spitzel gab. Im Treppenhaus packte mich ein Schwindel, als stürzte alles Blut aus meinem Kopf heraus. Ich musste mich am Geländer festhalten.

Am folgenden Tag hatte ich eine Verabredung mit dem Chefarchitekten, Monsieur N. (sein rumänischer Name bedeutet übersetzt »Hoffnung«), der die Verantwortung für den Neubau des Innenministeriums übernommen hatte. Wir kannten uns von früher, und so fasste ich mir ein Herz und erzählte ihm, was mir auf der deutschen Botschaft widerfahren war. Er hörte mir aufmerksam zu. Dann wählte er eine Nummer auf dem Telefonapparat und verlangte, Frau Antonescu (die Frau des Marschalls!) zu sprechen. Er schilderte ihr meine Situation, nannte die Projekte, in die ich involviert war, erwähnte meine rumä-

nischen Sprachkenntnisse und bat sie zu veranlassen, dass meine Aushebung rückgängig gemacht werde. Maria Antonescu schlug vor, ihre Freundin Veturia Goga zu verständigen (die Witwe eines früheren Ministerpräsidenten, die im Volk den Übernamen »Panzerwagen« trug). Es sei das Beste, wenn sich Goga um diese Angelegenheit kümmere, meinte Antonescu. In der Tat war die Involvierung dieser Dame höchst effizient: Wenige Tage später erhielt ich von der Gesandtschaft einen Brief zugeschickt mit der Mitteilung, es sei ein Aufschub von sechs Monaten bewilligt worden.

Die Zeit hielt nicht inne. Sebastopol war bereits gefallen und die gesamte Krim von den Deutschen besetzt. Die Front näherte sich Stalingrad. Das Schlimmste aber war, dass es keinerlei Anzeichen für Frieden gab.

Im Spätsommer erhielt ich eine Vorladung von der deutschen Gesandtschaft. Der Funktionär, der mich empfing, war ganz in Weiß gekleidet. Die Augen versteckte er hinter einer Sonnenbrille. Ich erfuhr, dass ich in den nächsten Tagen einen schriftlichen Aushebungsbefehl erhalte. Er war nicht unfreundlich, gab mir aber sehr deutlich zu verstehen, dass der Versuch, diese Weisung zu umgehen, schwerwiegende Konsequenzen für mich und meine Familie nach sich zöge. Tatsächlich ließ das angekündigte Schreiben nicht auf sich warten. Ich wurde darin aufgefordert, mich am 3. Oktober 1942, Punkt zwölf Uhr mittags, im Ausbildungscamp von Sankt Pölten in Österreich zu melden.

Glückspilz

»Du bist ein richtiger Glückspilz!« Klara kauerte neben Doina nieder. »Es gibt noch genau einen einzigen Platz im Flugzeug, und Herr Renner hat gesagt, er nimmt dich mit. Morgen darfst du zu deiner Omama in die Schweiz fliegen!« Doina sah an Herrn Renner hoch. Dann schaute sie ihre Mama an. »Und du?«, fragte das Mädchen. »Ich bleibe hier und warte mit Papa, bis du zurückkommst.« Sie strich ihrer Tochter die blonden Haare aus der Stirn. »Und wenn das Flugzeug wieder gelandet ist, erzählst du uns, wie die Welt von oben aussieht.«

»Das ist vielleicht ein Ding!«, sagte Eugen und hob Doina hoch in die Luft. Felix Renner verabschiedete sich, und Klara holte den kleinen Koffer mit den silbrigen Schnallen aus dem Keller. Ein paar Höschen, ein paar Strümpfe, das blaue Kleid ... Sie zählte der Reihe nach auf, was sie in den Koffer legte. »Wir winken von unten, wenn du vorbeifliegst, und du winkst von oben zurück«, Eugen winkte zum Fenster hinaus. Doina rannte zu ihrem Papa. »Jetzt ist es verschwunden«, sagte Eugen. »Hast du es noch gesehen?« Das Kind nickte und lachte verschmitzt. »Hast du das Flugzeug auch gesehen?«, fragte sie ihre Mama. Anstatt zu antworten, ließ Klara den Baumwollpullover, den sie in den Händen hielt, in den Koffer fallen und eilte in die Küche.

Doina wollte hinterherrennen, doch Eugen hielt sie zurück. »Sie hat Durst, sie trinkt ein Glas Wasser«, sagte er. »Komm!« Er setzte das Kind auf seine Knie. Mit einem braunen Filzstift zeichnete er eine Schnauze auf ein Blatt Papier, ein Ohr, das aussah wie ein U, einen langen Rücken und eine ebenso lange Rute. Fehlten noch vier kurze Beine. Zuletzt bekam der Hund ein Auge, mit dem er aus dem Blatt herausschauen konnte. Doina klatschte in die Hände und fand, Farücheli sehe aus wie echt. »Diese Zeichnung bringst du Omama, damit sie weiß, wie dein Spielkamerad aussieht.« Eugen legte das Blatt zuoberst auf die Kleider. »Darf deine Puppe auch Flugzeug fliegen?«, fragte Klara, die aus der Küche zurückgekehrt war. Doina nahm die Lieblingspuppe, die ihr Klara entgegenstreckte, in den Arm. Der gestrickte Leib war schon ganz abgegriffen. Unter den beiden blauen Augen, die in verschiedene Richtungen blickten, lachte ein roter Sichelmund. Mit ihrem Holzkopf und der Zipfelmütze glich die Puppe ein wenig Pinocchio aus dem Bilderbuch. Bloß dass sie keine Lügennase hatte. 's Schillepinggeli hatte überhaupt keine Nase. Man musste sich die Nase denken.

Bevor sie am nächsten Morgen zum Flughafen fuhren, ging Klara mit Doina die Dinge, die sie eingepackt hatte, noch einmal durch. »Du musst wissen, was im Koffer drin ist, wenn dich jemand fragt«, sagte sie. Das Mädchen nickte und wiederholte Stück um Stück, es merkte sich alles ganz genau. Im Flughafen wimmelte es von

Soldaten und Polizisten, und es dauerte eine Weile, bis sie Herrn Renner im Getümmel gefunden hatten. Sie wechselten ein paar Worte und gingen dann über die Piste zu einem bereitstehenden Propellerflugzeug. »Wir warten hier auf dich«, versprach Eugen. »Sei ein braves Mädchen«, mahnte Klara. »Warum bist du traurig?«, fragte das Kind seine Mama. »Aber warum soll ich denn traurig sein?«, antwortete Klara, »ich bin überglücklich, dass du den letzten Platz, den es noch gibt, erwischt hast und zu Omama fliegen darfst.« An der Hand von Herrn Renner stieg Doina die glänzende Treppe zum Flugzeugrumpf hinauf. Eine Stewardess führte sie zu ihren Sitzplätzen, wo ihr Herr Renner den Fensterplatz überließ. Er half ihr, sich anzuschnallen. Sie reckte den Hals, um aus der Luke zu sehen. Wasserlachen lagen auf der Piste. Unter den Leuten, die herumstanden, entdeckte sie ihren Papa. Er fotografierte das Flugzeug. Dann streckte er die Arme hoch in die Luft. Doina musste lachen. Er sah aus wie ein Polizist, der den Verkehr regelt. Sie winkte zurück. Aber wo war Mama? Sie drückte die Nase gegen die Scheibe. Mama war verschwunden. Sie konnte sie nirgends sehen.

III

Rückkehr

Hinter der Flugnummer, die mir Mutter mitgeteilt hatte, blinkte auf dem Bildschirm seit geraumer Zeit das Wort landed. Die grau beschichtete Glastür öffnete sich, wieder betrat eine Gruppe Neuankömmlinge die Halle. Zettel mit Namen wurden in die Luft gestreckt. Freunde schlossen sich in die Arme und schlenderten schwatzend in Richtung Parkplatz. Von Mutter fehlte nach wie vor jede Spur. Hatte sie es sich im letzten Moment doch anders überlegt? Oder hielt man sie am Zoll zurück? Die Nummer des Fluges, mit dem sie hätte ankommen sollen, war unterdessen an die neunte Stelle gerutscht. Demnächst würde sie vom Monitor verschwinden. Vielleicht hatte Mutters Gepäckstück nicht auf dem Rundfließband gelegen. Und auf der Suche nach Hilfe hatte sie sich im Flughafengebäude verirrt. Aus den Lautsprechern schepperte eine Frauenstimme. Sie sagte etwas auf Rumänisch, dann auf Englisch, ich verstand beides nicht. Würde sich Mutter auf Englisch verständigen können? Rumänisch, das sie als Kind einst fließend gesprochen hatte, war auf zwei Wörter zusammengeschmolzen, die ihr in diesem Moment nicht weiterhelfen würden: frişcă und gunoi, Schlagsahne und Müll.

Sie zog einen Rollkoffer hinter sich her. Ich winkte, doch obwohl sie die Reihe der Wartenden absuchte, schien sie mich nicht zu sehen. Ich beugte mich über das hüfthohe Geländer, winkte heftiger, rief nach ihr. Ihr Gesicht drückte Ratlosigkeit aus. Sie blickte auf die Armbanduhr. »Mutter!«, ich schrie jetzt. »Mutter! Hier bin ich!« »Ich dachte, du hättest mich vergessen«, lachte sie, nachdem sie geradewegs auf mich zugesteuert war. Sie herzte mich und stieß mich im nächsten Moment mit derselben Bestimmtheit wieder von sich weg. »Wie geht es dir?«, fragte sie und musterte mich von Kopf bis Fuß. »Geht es dir gut?«

Auf dem Rücksitz eines Taxis fuhren wir in die Stadt. Der Abendverkehr verstopfte die Schnellstraße, und schon bald steckten wir im Stau fest. Die Scheinzypresse sei endlich gefällt, erzählte Mutter. Jetzt könne nichts mehr passieren. Nur ein Stumpf sei übrig geblieben. Ohne diesen Baum sehe ihr Garten ganz anders aus, er sei heller und irgendwie nackter geworden. Sie habe sich einen Paravent gebastelt, den dreiteiligen Holzrahmen habe sie in der Brockenstube gefunden und ihn mit einem türkisfarbenen Tuch bespannt. So sei sie vor den Blicken der Leute, die den Weg zwischen den Gärten entlanggingen, geschützt. Man müsse sich eben zu helfen wissen. »Was ist denn das?«, fragte sie und zeigte durch die Windschutzscheibe auf den Triumphbogen, der im Schritttempo auf uns zukam. Wortlos sah sie am Denkmal empor.

Zum Abendessen führte ich Mutter in ein kleines Lokal, das sich in der Nähe ihres Hotels befand. »Die Rumänen haben wohl eine Vorliebe für dunkle Möbel«, lachte sie, als wir uns auf die dunkelbraunen Stühle setzten, welche dieselbe Farbe hatten wie die Tische, das Parkett und die mannshohe Holztäfelung, die sich die Wände entlangzog. »Auch wir hatten dunkle Möbel. Habe ich dir das schon erzählt? Verursachen wir auch wirklich keine Unannehmlichkeiten, wenn wir morgen die Wohnung besichtigen?« »Keineswegs«, entgegnete ich. »Es ist alles arrangiert und abgesprochen.« Sie öffnete die Speisekarte, die ihr der Kellner gereicht hatte, doch ihr Blick glitt wie auf einer Schieflage ab. »Um Himmels willen!« Sie fasste sich an den Kopf. »Ich verstehe kein Wort.«

Privatsache

»Du warst also nochmals bei Madame Geck?«, erkundigte sich Mutter, nachdem der Kellner die Suppe serviert hatte. Ich nickte. »Die alte Frau begrüßte mich stürmisch. Bereits unter der Tür umarmte und küsste sie mich, als wären wir seit Langem miteinander bekannt. Als Erstes wollte sie wissen, ob ich die Memoiren ihres Mannes gelesen hätte und ob es für mich eine interessante Lektüre gewesen sei.« »Und?«, fragte Mutter. »War es das? Konntest du es überhaupt lesen?« »Es war harte Arbeit. Ich musste mich an seine Handschrift gewöhnen. Zudem war Französisch für ihn eine Fremdsprache, er hatte Fehler gemacht. Das erschwerte die Übersetzung. Aber von der deutschen Sprache wollte er nichts mehr wissen. Mit seiner Frau und seinem Kind redete er ausschließlich französisch. Und nachdem er die französische Staatsbürgerschaft angenommen hatte, wollte er Jean genannt werden. Mit der Zeit habe er zwar weniger Fehler gemacht, erzählte Madame Geck. Aber ganz korrekt sei sein Französisch bis zum Schluss nicht gewesen. Darüber habe er sich immer ein wenig geärgert. Sie sei in ihrem ganzen Leben keinem ehrgeizigeren Menschen begegnet.«

»Ja, so war er«, bestätigte Mutter. »Nie war er zufrieden. Als ich ihn nach dem Krieg noch ein paarmal in Mulhouse besuchte, fragte er mich immerzu Französischwörter ab und stellte Mathematikaufgaben, die ich nicht lösen konnte. Aber erzähl weiter.« »Sie führte mich in die Stube«, fuhr ich fort und beschrieb Mutter das Wohnzimmer mit dem großen Esstisch, dem Schreibsekretär und der Urne in der Wandnische. Ich erwähnte das Poster mit van Goghs Sonnenblumen und die Puppen, die in ihren Trachtenkleidchen auf dem Sofa saßen und mich genauso erwartungsvoll anblickten wie bei meinem ersten Besuch. »Ich kam mir vor, als hätte ich eine Bühne betreten und sie wären das Publikum.«

Mutter stützte die Ellbogen auf dem Tisch auf und schob die Hände unters Kinn. »Es muss Madame Geck ungeheuer aufgewühlt haben«, redete ich weiter, »dass zwanzig Jahre nach dem Tod ihres Mannes die Enkelin auftaucht und sich für seine Memoiren interessiert. Ich habe dir doch erzählt, dass sie den zweiten Teil zurückbehalten hatte. Das sind immerhin knapp vierhundert Seiten. Sie habe nichts zu verheimlichen, sagte sie diesmal, nachdem sie uns Tee eingeschenkt hatte. Ich solle auch den zweiten Teil zu lesen bekommen, falls ich dies wünsche. Und damit ich nicht noch einmal kopieren müsse, habe sie alles für mich abgeschrieben.« »Was?« Mutter sah mich verblüfft an. »Von Hand?« »Von Hand. Während Wochen hatte sie jeden Tag drei Stunden geschrieben, genau wie ihr Mann dies einst getan hatte. Ich könne es nun bestimmt besser lesen, sagte sie, sie besitze nämlich die schönere Handschrift. Und abgesehen davon habe sie bei dieser Gelegenheit seine Fehler korrigiert. Sie öffnete die beiden Ordner, die sie nebeneinander auf dem Tisch bereitgelegt hatte. ›Sehen Sie‹, sagte sie, ›es ist genau wie bei ihm‹, und zeigte auf die eingekreiste Zahl fünfhundertneunundsiebzig, die bei beiden Versionen in der oberen rechten Ecke stand. Vermutlich machte ich ein misstrauisches Gesicht. Jedenfalls beteuerte sie noch einmal, sie habe exakt abgeschrieben, Wort für Wort. Nur die Fehler habe sie nicht übernommen.« »Verrückt!«, warf Mutter ein. »Im Gegensatz zu Großvater zieht sie die Buchstaben in die Länge und kippt sie ein wenig nach vorne. Schlaufen verschnörkelt sie. Die Wörter scheinen zu tänzeln. Es fiel mir tatsächlich leichter, ihre Handschrift zu entziffern. Den ersten Abschnitt übersetzte ich auf Anhieb und ohne ihre Hilfe. Großvater erzählt dort von seiner Einsamkeit, nachdem der Kontakt zu dir abgebrochen war, und von seinem Entschluss, nochmals eine Familie zu gründen.«

Mutter schwieg, und ich musste an Madame Geck denken, an ihr fast neunzigjähriges Gesicht, das auf einmal ernst geworden war, trotz der beiden unsichtbaren Fäden, welche die Haut an den Schläfen ein wenig in die Höhe zogen. Es klang wie ein Geständnis, als sie sagte, ihr Mann habe sich mehr Zärtlichkeit von ihr gewünscht. Ich könne das nachlesen. Sie pochte ein paarmal mit der Faust auf den grau kartonierten Ordner, der ihre Abschrift enthielt. Doch wenn man nichts bekomme, verschließe man sich. Mit der Zeit werde man hart. Sie presste die Lippen aufeinander, doch ihre Lippen begannen zu zittern, wie wenn sich etwas Lebendiges in ihrem Mund befinden würde, das wächst und sich immer stärker bewegt, bis es kaum noch Platz hat und mit Gewalt herausbrechen will. Die alte Frau kämpfte vergeblich dagegen an. Sie wurde diesem Ding in ihrem Mund nicht Herr. Als sich die Lippen endlich öffneten, redete sie sehr leise.

»Er hat sie geschlagen«, sagte ich zu Mutter. »Immer und immer wieder.« Mutter ließ den Löffel in den Teller fallen. Ihr Kopf verneinte entsetzt, was sie soeben gehört hatte. »Dann hat er Mama vielleicht auch geschlagen!« »Tagelang habe sie nach solchen Wutausbrüchen im Bett gelegen mit Schmerzen, es sei kaum noch zum Aushalten gewesen. ›Auch das sind Erinnerungen‹«, zitierte ich Madame Geck. »Davon stehe in seinen Memoiren allerdings nichts.«

Er habe dieses nervöse Leiden gehabt, hatte mir Madame Geck anvertraut, deshalb habe er sie geschlagen. Das kam mir in den Sinn, während Mutter gedankenversunken ihre ciorbă de pui, eine Hühnersuppe, löffelte. »Er konnte sich furchtbar aufregen«, hatte die alte Frau erzählt, »ce n'était pas normal! Er wurde fast wahnsinnig vor lauter Ärger. Der Hund des Nachbarn zum Beispiel, wegen des Gebells ging er vor Gericht! Die Herzprobleme wurden immer schlimmer, als er die Firma wechselte, erst recht Mit dem neuen Chef lag er ständig im Streit. Dabei hatte der Arzt gesagt, er dürfe sich nicht aufregen. Das sei nicht gut für ihn. Er bekam Medikamente und Kuraufenthalte verschrieben. Aber bei der Arbeit sahen sie es nicht gern, wenn er wieder für zwei Wochen in den Schwarzwald fuhr. Kaum war er zurück, ging das Ganze von vorne los. Der Herzschrittmacher verwandelte sein Herz dann in ein Uhrwerk. Von da an schlug es très très exact. 's Jeanine wollte immer an seiner Brust horchen. Un, deux, trois ...« Sie streckte den Daumen, den Zeigefinger und den Mittelfinger in die Luft. »So hat das Kind zählen gelernt. Und hat es sich verzählt, hat er es sofort korrigiert. Doch für die Narbe hat er sich geniert. Sie war nicht groß, mais quand même, man hat sie gesehen. Deswegen besuchte er nie mehr eine öffentliche Badeanstalt. Ich glaube, am liebsten hätte er sich unter dem Bett verkrochen. Chaque matin hat er zu mir gesagt: ›Je ne veux plus travailler. Ich kann nicht mehr.‹ Und am Abend hat er mich wieder angeschrien, weil ich ihm nichts recht machen konnte. Chaque jour la même chose. Erst, nachdem ihm der Arzt ein Zeugnis ausgestellt hatte, damit er nicht mehr arbeiten musste, ist es besser geworden. Enfin, er hat eine Invalidenrente bekommen und angefangen, seine Memoiren zu schreiben.«

Sarmale cu Mămăligă

»Und das soll typisch rumänisch sein?«, wunderte sich Mutter, als der Kellner den Hauptgang servierte. Sie stocherte in den Krautwickeln herum. »Sarmale zählte zu Großvaters Lieblingsgerichten. Die Popescus haben es aufgetischt, um das Osterfasten zu brechen.« »Wer sind die Popescus?« Mutter sah mich fragend an. »Das waren eure Nachbarn im Wohnblock an der Strada Dr. Ciru Iliescu.« – »Etwas fettig«, fand Mutter, nachdem sie den ersten Bissen gekostet hatte. Sie schloss die Augen und kaute konzentriert, wie wenn sie den Genuss, den ihr Vater – meinen Schilderungen zufolge – beim Verzehr dieser mit Schweinefleisch und Reis gefüllten Wickel einst gehabt haben musste, mit geschlossenen Augen besser nachvollziehen könnte. »Doch, schmeckt ganz lecker«, konstatierte sie. »Und Polenta war Mamas Leibspeise.« Sie nahm sich vom Maisbrei und schob das leuchtende Gelb in den Mund. »Aber meinst du, sie hätte auch nur einmal erwähnt, dass das auf Rumänisch – wie sagst du?« »Mămăligă.« »Mămăligă«, wiederholte Mutter und hielt die Hand vor den vollen Mund. »Erzähl weiter!«, forderte sie mich auf.

Ich überlegte, ob ich jenes unglückliche Zusammentreffen erwähnen sollte, das sich an einem Januarmorgen im Jahr 1944 zugetragen hatte. Großmutter hatte nicht darüber geredet. Doch Großvater hatte es weitererzählt.

»Wo war er eigentlich während des Krieges eingeteilt?«, fragte Mutter in die Stille hinein und schob sich einen weiteren Happen Sarma in den Mund. »Nach einem kurzen Aufenthalt in einem Ausbildungscamp in Österreich wurde er nach Frankreich geschickt und dann in die Reserve verlegt. Im letzten Kriegsjahr musste er an die Ostfront. Dort arbeitete er mit russischen Deserteuren zusammen, die für die Deutschen Spionage betrieben. Er fuhr sie mit einem kleinen Lastwagen an die Frontlinie, wo er sie aussetzte. Zum verabredeten Zeitpunkt sammelte er die Männer wieder ein und brachte sie zur Berichterstattung zurück ins Quartier. Über den Hauptmann seiner Truppe, einen Siebenbürger Sachsen, verliert er kein gutes Wort. Ein rücksichtsloser Typ sei das gewesen, der ihm keine Verschnaufpause gegönnt habe. Kaum war er mit den Russen zurück, musste er schon wieder los. Auch das Rekrutieren von Spionen gehörte zu seinen Aufgaben. Im letzten Kriegsjahr wechselte Rumänien die Front. Hatten die Rumänen vorher Seite an Seite mit den Deutschen gekämpft, so wurden sie nun von diesen gefangen genommen und in Lager gesteckt. In diesen Lagern herrschten grauenvolle Zustände. Es war ein Leichtes, Männer zu finden, die bereit waren, ihre Kameraden zu verraten. Zuerst waren es rumänische, dann ungarische und schließlich tschechoslowakische Kriegsgefangene, die er rekrutierte. Doch unmittelbar bevor er seinen Fronteinsatz antrat, bekam er drei Tage Urlaub, um sich von seiner Frau zu verabschieden.«

Mutter hatte ihr Besteck auf den Tellerrand gelegt. Mir schien, sie hänge an meinen Lippen, um kein Wort zu verpassen. »Und dann?«, fragte sie, als ich zögerte und nicht recht wusste, wie ich weiterfahren sollte. Ich musste an Madame Geck denken, wie aufgebracht sie gewesen war. »Sie haben es gelesen, nicht wahr?«, hatte sie gefragt. Ich wusste sofort, welche Textstelle sie meinte:

Ich beeilte mich, nach Wien zu gelangen, denn ich wollte unbedingt den ersten Zug nach Bukarest erwischen. Es blieb keine Zeit, meiner Frau den Besuch anzukünden. Die Nachricht wäre ohnehin erst nach mir eingetroffen. Bereits am darauffolgenden Vormittag klingelte ich an der Wohnungstür. Es dauerte eine Weile, bis meine Frau aufschloss. Sie trug einen Morgenrock, ich wollte sie umarmen, doch als sie mich sah, wurde sie kreidebleich und versuchte, mir den Zugang zur Wohnung zu versperren. Ohne ein weiteres Wort zu verlieren, schob ich sie zur Seite und rannte ins Wohnzimmer, wo es sich ihr Geliebter im Sessel bequem gemacht hatte.

Madame Geck hatte ein unsichtbares Gegenüber gepackt und schüttelte es in der Luft. »Sie haben es gelesen, nicht wahr?«, wiederholte sie. »Er hat sich auf ihn gestürzt, ihm ein paar Ohrfeigen verabreicht und ihn in einem hohen Bogen aus der Wohnung geworfen. Voilà!« Sie wischte die Handflächen aneinander ab. »Den Rasierpinsel und die Zahnbürste hat er ihm hinterhergeworfen.« »Und die Kleider«, ergänzte ich. »Voilà. Auch die Kleider. Da war es fini mit der mariage.«

»Deshalb ist sie doch in Bukarest geblieben!«, rief Mutter, nachdem ich ihr dieses Ereignis so nüchtern wie möglich geschildert hatte. Sie geriet derart außer sich, dass sich die Gäste an den Nebentischen nach uns umdrehten. »Mich hat sie ins Ausland verfrachtet. Ich störte sie bei ihrer Romanze.« Das letzte Wort betonte sie in übertriebener Weise und machte dazu eine Faxe. Sie lachte, zitterte und weinte gleichzeitig, ein Durcheinander, das zu immer groteskeren Zuckungen führte. Je mehr sie sich in den Griff zu bekommen versuchte, desto mehr entglitt ihr die Kontrolle, bis die Tränen hervorschossen. »Dass du mich eingeladen hast ...« Sie legte die Brille, ohne die sie nahezu blind war, auf den Tisch, um sich das Augenwasser abzutrocknen. »Ich hatte die Hoffnung längst aufgegeben, danach gefragt zu werden, ob ich nach Bukarest zurückkehren möchte.«

»Aber Großmutter hat dich doch nicht weggeschickt, weil du gestört hast!«, entgegnete ich. »Um aus Bukarest auszureisen, hätte sie ein Reisevisum benötigt, und solche Visa wurden zu jener Zeit sehr zurückhaltend vergeben. Man brauchte einen plausiblen Grund, der den Interessen des Landes diente.« Mutter hatte sich die Brille wieder aufgesetzt. »Großvater wurde beschattet«, erzählte ich weiter. »Großmutter musste davon ausgehen, dass auch über sie eine Akte angelegt worden war. Schließlich traf sie sich an den Samstagabenden regelmäßig mit ihren Freundinnen im Schweizerhaus und blieb tags darauf dem sonntäglichen Eintopfessen im Reichsdeutschen Heim fern. Versetz dich doch mal in jene Zeit! Als Deutsche wurden deine Eltern ständig zu irgendetwas aufgefordert. Es galt als Pflicht, an Parteiveranstaltungen teilzunehmen, Wiederaufbau-Anleihen zu zeichnen und für das Winterhilfswerk zu spenden. Dein Vater hätte bereits im Frühjahr 1942 einrücken müssen. Dank einer Intervention aus höchsten Regierungskreisen erhielt er sechs Monate Aufschub.«

Mutter sah mich unverwandt an. Konnte sie mich hören? Verstand sie, was ich sagte? Ich sprach lauter: »Die rumänische Polizei und der deutsche Geheimdienst arbeiteten eng zusammen. Und in der Schweiz hätte Großmutter höchstens eine zeitlich begrenzte Aufenthaltsbewilligung erhalten, doch selbst das war ungewiss. Die Gesetzgebung bezüglich Einreise- und Aufenthaltserlaubnis für Ausländer konnte sich von einem Tag auf den anderen ändern. Und wohin hätte sie ohne Rückreisevisum gehen sollen?« Ich erwähnte die Rüstungsfabriken, für die im *Bukarester Tageblatt* unter dem Titel *Die deutsche Frau im Kampf für den Sieg* geworben wurde. »Es muss sie enorme Überwindung gekostet haben, sich auf der deutschen Botschaft zu erkundigen, ob es eine Möglichkeit gebe, mit dir in die Schweiz zu reisen.« Mutters Gesicht verhärtete sich, als ich hinzufügte: »Doch sie hat es getan. Der Beamte herrschte sie an, sie brauche keinen Umweg über die Schweiz zu machen, es führen direkte Züge heim ins Reich. Dort warte Arbeit auf sie.« »Natürlich hätte sie mich begleiten können!« Mutters Stimme klang schroff. Ich erschrak. In ihrem Blick kam etwas Feindseliges zum Vorschein. Etwas, das ich in dieser Deutlichkeit noch nie bei ihr wahrgenommen hatte. »Es wäre für sie überhaupt kein Problem gewesen«, ereiferte sich Mutter, »schließlich hatte sie Verwandte in der Schweiz!« Sie sah mich an, als hätte ich ihr soeben eine infame Lüge aufgetischt. »Mama blieb in Bukarest, weil sie einen Geliebten hatte. Das ist die wahre Geschichte!«

Durch die Stadt

Der Morgen war kühl. In der Nacht hatte es geregnet. Mutter nahm meine Hand, zerrte mich vorwärts. »Mach schnell! Sie kommen!« Sie hüpfte über eine Pfütze auf den Randstein und ließ meine Hand wieder los. »Was für ein Verkehr!«, rief sie. Wie klein Mutter ist, dachte ich. Als wäre sie in der Zwischenzeit geschrumpft. Nur ihre Haare waren noch immer dunkelblond. Je nachdem, wie das Licht darauf fiel, schimmerten sie moosfarben. Sie zitterten ein wenig, der ganze Kopf zitterte. Auch die Hand, die sie mir gegeben hatte, zitterte. »Und jetzt fahren wir Bus?«, fragte sie und schaute erwartungsvoll an mir hoch.

»Wir können mit einem Bus der Linie neunundsechzig den Boulevard Regina Elisabeta hinunterfahren. Der Bus überquert die Dâmbovița und hält auf der anderen Seite des Kanals. Dort liegt Cotroceni. Von der Haltestelle aus ist es nicht mehr weit, vielleicht zehn, fünfzehn Minuten zu Fuß. Oder wir nehmen ein Taxi und fahren direkt zum Haus. Falls es wieder zu regnen beginnt, ist das die trockene Variante.«

Mutter wollte Bus fahren. Ich zeigte ihr, wie man das Busticket – einen Streifen dünnes Papier – in den Stanzapparat einführt. Wir setzten uns auf die orangefarbenen Sitzschalen aus Hartplastik. Neben uns verbreitete ein alter Mann einen üblen Geruch. Ein kleiner Hund schüttelte sein zottiges Fell und hechelte, und das

Kind, das uns gegenübersaß, hielt eine Tüte Pommes auf dem Schoß und schob ein Kartoffelstäbchen nach dem anderen in den Mund. Mutter lachte und ahmte die Kaubewegungen nach. Verlegen wandte das Kind den Blick ab. Unglaublich sei das, sagte Mutter und legte ihre Hand auf meine. »Also dass du ...«

»Hier ist der Cişmigiu-Park«, sagte ich. Mutter fuhr herum und wischte mit der Hand über die beschlagene Scheibe. »Ich sehe eine Parkbank. Sie ist dunkelgrün.« Erneut wischte sie über die Scheibe, um den Ausguck zu vergrößern. Graubraune Fassaden zogen vorbei. »Ein Kanal!« Mutter zeigte mit dem Finger zum Fenster hinaus und drehte sich nach mir um. »Bei der nächsten Station steigen wir aus«, kündigte ich an. Sogleich rutschte sie vom Sitz und bahnte sich einen Weg durch die dicht gedrängten Fahrgäste. Sie ist tatsächlich kleiner geworden, dachte ich, während ich hinter ihr her zum Ausgang ging.

»Ruhig ist es hier«, bemerkte Mutter, nachdem wir den stark befahrenen Boulevard überquert hatten und in eine Seitenstraße eingebogen waren. »Als wären wir in ein riesiges Gebäude eingetreten.« Wir kamen am Kirchlein vorbei, das am Eingang des Viertels Cotroceni wachte, und gingen weiter durch menschenleere Straßen. Kahle Baumkronen schoben sich vor den bewölkten Himmel. Mutter wich einer Liane aus, die von einem Strommast herunterhing, und stieß mit dem Fuß gegen eine Baumwurzel, die aus dem Asphalt ragte und wie ein versteinerter Schlangenrücken aussah. Äste und Fragmente parkierter Autos spiegelten sich im Grau des Himmels, das in den Regenpfützen entlang des Gehsteigs lag. Die Erde in den Vorgärten war schwarz, und an den Fassaden der Wohnhäuser und kleinen Villen kletterte Efeu empor. Immer wieder blieb Mutter stehen und betrachtete die Erker, die Balkone und die senkrechten Glasfronten, hinter denen sich die Treppenhäuser befanden. »Da vorne«, sagte ich. Mutter schaute in die Richtung, die ich angedeutet hatte. Einen Moment lang erstarrte ihr Zittern. »Komm«, sagte ich und streckte ihr die Hand hin.

Wir folgten der Strada Dr. Ciru Iliescu, die jetzt Strada Frédéric Joliot-Curie hieß. Mutters Händedruck wurde stärker, als ich ihr vom deutschen Schäferhund erzählte, der im Vorgarten des gegenüberliegenden Hauses eingesperrt sei und einen mit seinem Gebell furchtbar erschrecken könne. Wider Erwarten blieb es still. »Dort oben.« Ich zeigte zum zweiten Stockwerk hinauf. »Dort, wo die braune Jalousie die Fenster verdeckt.« Mutter ließ meine Hand los und ging ein paar Schritte auf das gelb-weiß gestreifte Haus zu. »Seltsam«, sagte sie, und ein leichtes Staccato wob sich in ihre Stimme. »Der Sandkasten ... Er müsste doch irgendwo ...« Ihr Blick wanderte an der Hausfassade hoch und sprang von dort aus zum Nachbarhaus. Dann maß er den Abstand zwischen der Hausmauer und dem Wellblechzaun, der die Grenze zwischen den beiden Grundstücken markierte. »Aber hier ist gar nicht genug Platz für einen Sandhaufen. Diesen Zaun dürfte es nicht geben.«

Kurz entschlossen öffnete sie das Gatter, ging über die Steinplatten des Vorgartens auf den Hauseingang zu und bog, ohne auch nur eine Sekunde vor der Eingangstür zu verweilen, nach rechts ab, um gleich darauf mit einer Linksdrehung hinter der Hausecke zu verschwinden. Ich beeilte mich, folgte ihr durch die enge Passage zwischen Hausmauer und Wellblechzaun und traf sie kopfschüttelnd hinter dem Haus wieder an, wie wenn das, was sie sah, bei ihr größte Verwunderung auslöste. Sie ging auf die Tür zu, und ein Irrlicht huschte über ihr gelbliches Gesicht, als sie die Hand auf die Klinke legte. Sie presste die Lippen aufeinander. Am Kinn bildeten sich kleine Mulden. Eine Weile verharrte sie in dieser Stellung. »Abgesperrt«, sagte sie schließlich. »Der Haupteingang steht offen«, erwiderte ich und warf einen flüchtigen Blick zum Fenster hinauf, aus dem das letzte Mal die Alte gezetert hatte. »Komm. Wir werden erwartet.«

»Die Klingeln funktionieren nicht, deshalb hat die Besitzerin diesen Keil platziert«, sagte ich und stieß die Tür auf, die von einem Stück Holz daran gehindert wurde, ins Schloss zu fallen. Mutter blieb stehen. Sie legte den Kopf in den Nacken und sah mit leicht geöffnetem Mund zum Dach hinauf, als gelte es, das Gegenüber einzuschätzen, bevor man sich einlässt.

»Die sind alt.« Sie zeigte auf die Briefkästen hinter der Tür. Und mir war, ich könne die einstige Gegenwart meiner jungen Großmutter spüren. Klara nahm die Post heraus: ein paar Briefe, das *Bukarester Tageblatt* und einen großen, von ihrer Schwester beschrifteten Umschlag, von dem sie wusste, dass er die *Schweizer illustrierte Zeitung* enthielt. Während sie die Absender der anderen drei Briefe überflog, bezwang ihr Töchterchen Doina schon mal mit Riesenschritten die untersten fünf Stufen aus dunkelgrauem Stein, die zum Zwischenboden führten und die wir nun hochstiegen. Die Wohnungstüren im Erdgeschoss waren schwarz und hatten mattgoldene Klinken, die mich an die Griffe jener Kommode erinnerten, von denen Mutter erzählt hatte, sie habe sie als Kind poliert mit einem Mittel, das scharf roch und aussah wie eingedickte Milch. Das Licht, das durch die getönten Scheiben einfiel, warf ein Sepia ins Treppenhaus. Mutter bückte sich und pochte mit dem Fingerknochen gegen eine Stufe. Der Stein antwortete mit einem dumpfen Ton, der aus der Zeit vor dem Krieg zu kommen schien.

Im zweiten Stockwerk waren die Türen ausgewechselt. Sie habe diese beiden Wohnungen schöner gemacht, erklärte die Eigentümerin, eine junge Frau mit dunklem krausem Haar, die aus der linken der beiden Türen trat. »Ihre Tochter hat mir erzählt, Sie hätten Ihre ersten Jahre hier verbracht«, sagte sie zu meiner Mutter, während sie nach dem Schlüssel suchte, um die Tür zur einstigen Wohnung meiner Großeltern aufzusperren. »Once upon a time«, antwortete Mutter und lachte unsicher.

In der Wohnung

Die Wohnung, in die wir eintraten, war verdunkelt. Als kurz darauf in die Decke versenkte Glühbirnen aufflammten, sahen wir uns von zweckdienlichem Mobiliar umgeben. Ein hellbraunes Kunstledersofa war auf ein TV-Möbel ausgerichtet, das wohl aus derselben Kollektion stammte wie das Regal, und auch das Salontischchen aus Plexiglas fügte sich unauffällig in die beigebraun-gläserne Uniformiertheit der Einrichtung ein. Ihr Untermieter sei ein Geschäftsmann, sagte die Eigentümerin, während sie die Jalousien hochkurbelte. Ein Israeli. Er wohne nur sporadisch hier, wenn er gerade beruflich in Bukarest zu tun habe. Der Tag drang durch den breiter werdenden Spalt in den Raum ein und tauchte die Unordnung in ein weißes Licht. Auf dem Sofa räkelte sich eine Hose. Ihr linkes, mehrmals geknicktes Bein rankte sich die Rückenlehne empor. Und unter dem Salontischchen lag ein Pantoffel, dessen Zwilling seine Sohle vor dem Bücherregal in die Luft streckte.

Mutter ging an einem umgestürzten Stapel Zeitschriften vorbei zum Fenster und sah zum Nachbarhaus hinüber. Es hatte ein Giebeldach. Der gelbe Anstrich hatte sich im Laufe der Zeit bräunlich verfärbt. Weißliche Blumenkohlmuster deuteten auf feuchtes Mauerwerk hin. An manchen Stellen blätterte der Verputz ab.

Nach einer Weile wandte sie sich wieder der Wohnung zu. Ich folgte ihr in den hinteren Teil des Wohnzimmers, das in eine Küche mündete. Auf der Abdeckung neben dem Spülbecken lagen ein paar Brotkrumen und auf einem Abtropfständer zwei Teller, die längst trocken waren. Mutter blieb vor einem leise surrenden mannsgroßen Kühlschrank stehen. Ihr Gesicht verfinsterte sich, als wäre dieser Kühlschrank der Eindringling und nicht wir. Sie sah zur Decke hinauf, richtete den Blick erneut auf den Kühlschrank, zeigte mit dem Finger auf das Gerät, das in diesem Moment mit einem Räuspern verstummte, und sagte: »Hier war eine Tür!« »Das ist richtig«, bestätigte die Eigentümerin, man habe im Zuge der Renovation diese Tür zugemauert und die Wand, die das Wohnzimmer von der Küche abgetrennt habe, zugunsten eines größeren Wohnraumes herausgebrochen. »Hier war die Wand verlaufen«, erklärte Mutter, »und hier hatte unser Bücherregal gestanden und dort drüben die Kommode mit den goldenen Griffen. Der Kasten mit der Vitrine, in dem das schöne Geschirr aufbewahrt wurde, stand in jener Ecke, und der Sessel …« Mutters Beschreibung umgab mich mit wuchtigen dunklen Möbeln, stellte neben den Sessel eine Stehlampe mit plissiertem Lampenschirm und schob mir einen blauen Teppich mit farbenfrohen Blumenmustern unter die Füße, auf dem sie als Kind mit Farücheli herumgetollt war.

Der Kühlschrank hüstelte und fing wieder zu surren an. Und während Mutter, die Hände hinter dem Rücken verschränkt, nun schweigend in ihrer Kindheitswohnung umherging, musste ich an Großmutter denken, die hier im Frühjahr 1944 in aller Eile den Hausrat in Kisten verstaut hatte, bevor sie vor der herannahenden Roten Armee aus Bukarest floh.

Die letzten Stunden

Faruk lag am Boden, die weiß gewordene Schnauze auf den Vorderpfoten, doch sein Blick verfolgte jede Bewegung seiner Meisterin. Geschwind schlug Klara Teller um Teller in Seidenpapier ein, bevor sie das Porzellan in der Kiste stapelte. Da es sich abzeichnete, dass das Papier aufgebraucht sein würde, bevor alles verpackt war, verwendete sie bei den Untertellern nur noch ein Blatt für zwei Stück. Beim dritten Weinglas war die Rolle leer. Sie wollte soeben eine alte Zeitung aus der Küche holen, als ihr die Kinderkleider in den Sinn kamen, die sie als Andenken an ihre Tochter seit nunmehr bald zwei Jahren aufbewahrte. Perfekt, dachte sie und wickelte das Glas zusammen mit einem weiteren in ein Sommerkleidchen ein. Die blaue Vase sollte eingepackt werden, was noch? Sie rannte zum Bücherregal, zog da und dort ein Buch heraus und legte die Bücher in die zweite Kiste. Ihr Blick verweilte auf dem Sessel. Der ist zu schwer. Aber vielleicht lässt sich die Lampe in Sicherheit bringen? Die Bücherkiste, in der noch Platz war, füllte sie mit Tischtüchern und Servietten auf. So! Sie streifte die Hände am Rock ab. Dann nahm sie den Nerz aus dem Kleiderschrank, legte ihn in die Reisetruhe, die sie mit der Post schicken wollte, und obendrauf den Muff. In die Stiefel stopfte sie zu kleinen Kugeln geballtes Zeitungspapier. Im Stiefelschaft ließe sich das Silberbesteck verstauen, ging es ihr durch den Kopf, und schon fischte sie die Zeitungskugeln wieder heraus ... Ob das je ankommt? Und sollte sie die Nylonstrümpfe nicht besser zum Handgepäck legen? Die könnten in einem entscheidenden Moment Gold wert sein.

Die Strümpfe in der Hand, blieb Klara unschlüssig stehen. Wenn bloß Felix hier wäre! Seit jenem Unglückstag hielt er sich auf Distanz, eine für sie unüberwindbare und dadurch umso qualvollere Distanz. Sie konnte ihn nicht mehr nach Feierabend abpassen. Die Botschaft war wegen der ständigen Bombardierungen nach Mogoşoaia verlegt worden, in einen Herrschaftssitz außerhalb der Stadt, wo die Angestellten nicht nur arbeiteten, sondern auch wohnten. Wenn er sich doch noch einmal melden würde. »Schau zu, dass du jetzt über die Runden kommst«, hatte Emmy geraten. »Und versetz dich mal in seine Haut. Ein Schweizer Diplomat, der sich mit einer deutschen Ehefrau einlässt und auf frischer Tat ertappt wird ...«

Kurt und Emmy wollten um vier Uhr da sein, falls es vorher keinen Fliegeralarm gab. Klara hob die Nylonstrümpfe, die ihr aus der Hand gefallen waren, vom Boden auf. Sie würde Felix einen Brief zurücklassen und Emmy bitten, ihm diesen zu überreichen. Sie blickte auf ihre Armbanduhr, rannte zum Küchentisch, fand, inmitten all der Büchsen, Messer und Schnurstücke, die herumlagen, einen Bleistift, und da sie kein Papier zur

Hand hatte, ging sie zur Kiste mit dem Geschirr und riss ein Blatt Seidenpapier, in das sie kurz zuvor die Teller eingewickelt hatte, entzwei. »Mein liebster, allerliebster …« Sie hatte sich in den Sessel fallen lassen und als Schreibunterlage ein Buch genommen. Als sie weiterschreiben wollte, pochten schon Eugens Flüche in ihren Schläfen und verursachten ein Stechen, das den ganzen Kopf ausfüllte. Beim alten Geck konnte sie das Telefon ins Leere klingeln lassen und sich seinen Wutausbrüchen auf diese Weise entziehen. Eugens Beschimpfungen hingegen waren an jenem Vormittag vor vier Monaten wie Harpunen in sie eingedrungen und hatten sich in ihrem Innern verhakt. Das Stechen war unerträglich geworden. Mit größter Anstrengung schrieb sie: »Ich glaube an das Band, das wir geknüpft haben, Felix, und bin voller Hoffnung!« Durch die Wand zur Nachbarswohnung drang ein Hämmern. Erschrocken fixierte sie die Stelle. Wurde von der anderen Seite her ein Nagel in die Wand eingeschlagen? Was ging da vor sich? Das Beamtenpaar, das vor drei Jahren in die Wohnung der Vermonts eingezogen war, hatte gleich nach dem ersten schweren Bombenangriff Anfang April das Weite gesucht. Wer sollte jetzt, wo die Menschen aus Bukarest flohen, wo Lastwagen und Pferdekarren die Straßen verstopften, eine Wohnung beziehen? Das Hämmern hatte eine lähmende Wirkung auf sie, und sie spürte eine Verzweiflung in sich aufsteigen, die jeden klaren Gedanken zunichtemachte.

»Mir bleibt keine Wahl«, sprach sie leise vor sich hin. In diesem Moment verstummte das Hämmern. Ihr Blick löste sich von der Wand und glitt durch die Wohnung, in der sie nicht mehr sicher war. Nirgends war sie sicher. Überall warfen die Alliierten Bomben ab, ohne erkennbares Ziel. Fast jeden Tag starben irgendwo Menschen in den Trümmern, und neuerdings wurde auch nachts angegriffen. Die Popescus hatten unter vorgehaltener Hand berichtet, ein Bekannter, der Radio London höre, habe erzählt, dass Bukarest dem Erdboden gleichgemacht werden solle. Und zwar übermorgen, am 10. Mai, dem Nationalfeiertag. Aus dem Bad stank es, seit Tagen funktionierte die Spülung nicht. Und mit einem Mal packte Klara eine panische Angst. Das Buch mit dem Brief auf dem Schoß, stützte sie die Ellbogen auf die Knie und vergrub das Gesicht schwer atmend in den Händen. Sie hörte Stimmen, Sätze flogen ihr um die Ohren und schraubten sich wie eine dunkle Macht in ihren Kopf: »Du weißt, was die Russen mit den deutschen Frauen machen. Geh! Flieh, solange du noch kannst!« »Eine verdammte Schande ist das. Denkst du denn überhaupt nicht an unser Kind?!« »Selbstverständlich können Sie Bukarest verlassen, es fahren mehrmals die Woche Züge heim ins Reich. Dort gibt es Arbeit für Sie.«

»In Liebe«, schrieb Klara unter die Zeilen, die sie Felix zurücklassen wollte, und faltete das Papier. In der Nachbarswohnung wurde weiter gehämmert. Sie sah auf die Uhr und sprang auf. Schnell überprüfte sie den Inhalt der beiden Kisten, die sie im Schweizerhaus einstellen würde. Die Reisetruhe mit dem Pelz und dem Silberbesteck sollte per Post in die Schweiz verschickt werden, Kurt hatte angeboten, den Absender zu spielen. Klara blickte auf den Boden. Den Teppich zu retten wäre wichtiger als Sessel und Lampe zusammen! Sie versuchte, das Bücherregal zu verschieben. Faruk tänzelte winselnd um sie herum. Da sich das Regal nicht verrücken ließ, nahm sie Anlauf und ließ den Körper dagegen prallen. Ein paar Bücher und die gerahmte Fotografie ihrer Tochter fielen zu Boden. Faruk bellte. »Um Gottes willen«, zischte sie. »Sei still!« Sie kauerte neben dem Dackel nieder und streichelte dem Tier über den Kopf. »Psst!«, wiederholte sie. »Wer auch immer in der Nachbarswohnung ist, wir wollen jetzt kein Aufsehen erregen.« Faruk blinzelte und leckte die Hand, die ihn gestreichelt hatte. »Einer nach dem andern geht. Bist der Letzte, der die Burg verteidigt«, sagte sie und hielt Faruks Kopf mit beiden Händen fest. Dieser versuchte, sich rückwärts aus der Umklammerung zu befreien. Sie gab nach. Der Hund schüttelte sich, stemmte die Vorderbeine nach vorn und stieß einen gähnenden Seufzer aus.

Balkonbilder

Immer wieder heftete Mutter ihren Blick an die Zimmerdecke. Lange betrachtete sie das Spülbecken. Sie strich mit dem Finger über die Küchenfront aus hellem Holzfurnier, bevor sie die Hände erneut hinter dem Rücken verschränkte und durchs Wohnzimmer ging. In der Tür zum Badezimmer blieb sie stehen. »Hier wäre ich einmal fast ertrunken!«, sagte sie und lächelte. Eine Badewanne, ein Klo, ein Bidet und ein Lavabo teilten sich, eng zusammengepfercht, den blau gekachelten Raum. Unsere Begleiterin hatte unterdessen auch im Balkonzimmer die Jalousien hochgekurbelt und rückte den Wäscheständer, der zwischen Doppelbett und Kleiderschrank stand, ein wenig zur Seite. Im Gegensatz zur Wohnung war der Balkon wohltuend leer. »Schau, wie klein die Bäume damals waren«, sagte ich zu Mutter und zeigte ihr die Fotografie, auf der sie, dreijährig, von Jenia in den Armen gehalten wird. »Sie reichten noch nicht einmal bis zum ersten Stockwerk.« »Your Mum?«, fragte die Wohnungsbesitzerin, die einen neugierigen Blick auf das Foto warf. »Such an attractive man!«, fügte sie hinzu, als ich die zweite Fotografie, die einst auf diesem Balkon geschossen worden war, über die erste legte. Selbstbewusst sitzt die vierjährige Doina auf der Brüstung. Sie trägt ein Béret auf dem Kopf und schmunzelt verschmitzt in die Kamera. Neben ihr steht Felix Renner. Beschützend legt er den

Arm um ihre Schultern und lacht das Mädchen an. »This must be your Daddy!« »No«, entgegnete Mutter. »They don't belong to my family!« Ihre Hand sauste nach unten, als verscheuchte sie eine Fliege. »Mama und Papa waren stets sehr beschäftigt!« Sie wirbelte den rechten Arm durch die Luft. »Sie spielten nämlich Tennis«, sagte sie und grinste, feixte, doch die Komik verstärkte bloß den vorwurfsvollen Tonfall, der im Wort Tennis mitschwang und mir abermals Großmutters unergründlichen Gesichtsausdruck in Erinnerung rief, wenn sie jeweils auf dem Nachhauseweg bei den Tennisplätzen stehen geblieben war, um das Spiel eine Weile mitzuverfolgen, und in einer für sie gegenwärtigen Vergangenheit, die mir nicht zugänglich war, verschwand.

»Ich will jetzt gehen«, drängte Mutter und bedankte sich im selben Atemzug bei der Besitzerin, dass sie die Wohnungsbesichtigung möglich gemacht hatte, worauf diese die Jalousien wieder herunterzukurbeln begann.

»Einmal«, erzählte Mutter, während wir vor der Wohnungstür warteten, »hat es geklingelt. Ich öffnete, und hier vor der Tür stand ein Korb voll farbiger Eier. ›Danke, lieber Osterhase. Vielen, vielen Dank!‹, habe ich ins Treppenhaus gerufen.« Sie lachte, und einen Moment lang schien mir, ein Eierkorb stünde im Sepialicht, und aus dem Treppenhaus echoe Mutters helle Mädchenstimme: »Vielen, vielen Dank!« – »Well«, sagte die Besitzerin, nachdem sie die Wohnungstür abgeschlossen hatte, »I hope I was of some help to you.« Und indem sie hinzufügte, sie sei in Verzug und müsse das Mittagessen für ihre Kinder zubereiten, verabschiedete sie sich von uns.

Flucht

In jenem Interview, das nicht aufgezeichnet wurde, weil ich vergessen hatte, die Pausentaste zu lösen, hatte ich Großmutter auch zu ihrer Flucht aus Bukarest befragt. Sie hatte stoßweise geantwortet. Manchmal brach sie mitten im Satz ab. Dann wieder sagte sie nach einer längeren Pause nur ein einziges Wort, als wäre Sprechen eine Tätigkeit, die sie ähnlich erschöpfte, wie es das Umschichten von Steinquadern getan hätte.

Der Zug, den sie erwischte und der in Richtung Wien fahren sollte, war maßlos überfüllt. An einen Sitzplatz war gar nicht zu denken. Als er bombardiert wurde, trampelten Menschen einander zu Tode. Die Szene aber, die sich mir am eindringlichsten eingeprägt hat, spielt irgendwo auf einem Provinzbahnhof. Großmutter ist vollkommen orientierungslos. Sie hat nicht die leiseste Ahnung, wo sie sich befindet, und rennt quer über die Geleise. Der Koffer prallt gegen ihr Knie, doch sie spürt es nicht und rennt den anderen Passagieren hinterher auf einen Zug zu, der bereits am Anrollen ist und den sie um alles in der Welt erreichen will, ohne zu wissen, wohin er fährt.

Irgendwann, viele Tage später, sei sie an der Grenze gestanden, hatte Großmutter erzählt. Ich rückte das Mikrophon etwas näher zu ihr hin. »Wo?« »Bei Konstanz.« »Und du kamst problemlos über die Grenze?«

An Großmutters Antwort erinnere ich mich nicht. Versuche ich, mir diese Szene auszumalen, so sehe ich die dreiunddreißigjährige Klara ihren seit über zwei Jahren abgelaufenen, deutschen Pass unter dem Schalterglas hindurchschieben. Die fettigen Haare sind zu einem Knoten geflochten. Abgekämpft und gleichzeitig aufs Äußerste angespannt wartet sie darauf, dass der Schweizer Grenzbeamte den Pass öffne. Als er sie etwas fragt, beginnt sie zu sprechen und überreicht ihm weitere Dokumente: einen rumänischen Ausweis mit ihrer Wohnadresse, eine beglaubigte Kopie ihres Taufscheins, die Geburtsurkunde ihrer Tochter. Das alles läuft in Schwarz-Weiß und ohne Ton ab, nur die Lippen bewegen sich. Klara legt ihre Hand aufs Herz. Sie geht ein wenig in die Knie, ihr Gesicht bekommt einen flehenden Ausdruck. Der Grenzbeamte unterbricht sie, stellt eine kurze Frage, sie greift sich an den Kopf und durchsucht sogleich ihre Handtasche, aus der sie ein weiteres Dokument zieht. Der Beamte blättert im Familienbüchlein. Er verständigt sich über Funk. Ein zweiter Beamter, der nicht nur älter ist, sondern aufgrund der Streifen und Abzeichen an Mütze und Uniform ranghöher zu sein scheint, tritt hinzu. Mit steinhartem Gesicht schaut er sich die Dokumente an, nimmt Klara ins Visier und stellt eine Frage. Diesmal antwortet sie mit einem einzigen Wort. Der ältere Beamte richtet sich an den jüngeren und sagt etwas, was Klara, ihrem fragenden Blick nach zu urteilen, nicht verstehen kann. Mit einer Handbewegung fordert er sie auf, ihm ins Dienstgebäude zu folgen. Sie bückt sich und hebt den Koffer hoch. Das Bild wird schwarz.

Im Ausländerausweis, den Großmutter bis zu ihrem Tod aufbewahrt hatte, fand ich das Einreisedatum: Es ist der 1. Juni 1944. Sie erhielt eine Aufenthaltsbewilligung A: »Für Ausländer, welche die Schweiz wieder zu verlassen haben«. In der Spalte »Grund der Einreise« hatte der Grenzbeamte »Erholung« geschrieben und unter »Adresse« die Adresse von Klaras Schwester eingetragen. Die Dauer des Aufenthaltes wurde auf maximal vier Monate beschränkt.

Und während ich hinter meiner Mutter das Treppenhaus im Wohnblock an der ehemaligen Strada Dr. Ciru Iliescu Stufe um Stufe hinunterstieg, spulte sich in meinem Kopf eine weitere Sequenz dieses flackernden Stummfilms ab, als sähe ich einen Heimatfilm, der nie gedreht wurde. Die Kulisse: eine ländliche Bahnstation. Das Laub an den Bäumen macht den Sommer, der Schatten, den das Bahnhofsgebäude auf die Geleise wirft, einen sonnigen Nachmittag. Ein Zug fährt ein. Schnitt. In der Tür eines Waggons erscheint Klara. Sie tritt auf den Perron, lässt den zerbeulten Koffer fallen und rennt mit ausgebreiteten Armen auf ihr Töchterchen zu. Doina ist jetzt sechs Jahre alt. Sie trägt ein weißes Sommerkleidchen. Die Haare sind zu zwei blonden Zöpfen geflochten. Steif wie ein Pfahl steht sie da. Die Sonne scheint ihr direkt ins Gesicht. Mit zusammengekniffenen Augen schaut sie die auf sie zurennende Mutter fast feindselig an ... Da reißt das Bild ab.

Das Bild bleibt schwarz. Nach einer Weile setzt die Tonspur ein:

»Wo ist Papa?«
»Er ist Soldat.«
»Wo ist der Soldat?«
»Er ist im Krieg, mein Liebes.«
»Und Farücheli ist zu Hause?«
»Ja, Farücheli ist zu Hause, Emmy sorgt für ihn.«
»Wann fahren wir nach Hause?«
»Wir können nicht nach Hause, mein Liebes.«
»Warum?«
»Es ist noch immer sehr schlimm dort.«

Jetzt ist das Bild wieder da. Klara kauert neben ihrer Tochter und umarmt sie. Das Mädchen schaut finster, ängstlich, verwirrt, es versucht, sich aus der Umarmung dieser fremden Frau, die seine Mama sein soll, übel riecht und sie nicht nach Hause mitnehmen will, zu befreien. Als es bemerkt, dass seine Mutter weint, erschrickt es. »Weißt du etwas von Eugen?«, fragt Josephine, die Großmutter des Mädchens. »Er ist an der Front«, antwortet Klara und wischt die Tränen weg. Das Mädchen, aus der Umarmung befreit, schraubt den Oberkörper nach links und nach rechts und weiß nicht so recht, wohin mit den Händen.

Das Mädchen ist meine Mutter. Sie stützt sich auf das Treppengeländer und geht vor mir die Stufen hinunter. Sie hinkt ein wenig. Auf halber Höhe bleibt sie stehen. Sie dreht den Kopf und schaut mit einem entspannten Gesichtsausdruck an mir vorbei zur Wohnungstür hinauf. Die graublau schimmernde Iris mit den orangefarben gefassten Pupillen liegt in den Augenwinkeln. Dann kehrt sie mir wieder den Rücken zu und setzt den Abstieg fort. Im ersten Stockwerk sind die Türen noch schwarz und die Klinken mattgolden. Mutter geht langsam, nimmt Stufe um Stufe, als koste sie jeden Schritt aus. Bei der Eingangstür zögert sie. Die Treppe ist hier nicht zu Ende. »Willst du runtergehen?«, frage ich. Mutter schüttelt den Kopf. Sie gehe noch einmal um das Haus herum zum Hintereingang, sagt sie, als wir draußen sind, und bittet mich, auf sie zu warten.

Briefe

Ich lehne mich an das Gatter, hinter dem sonst der Schäferhund tobte. Sie werden sich Briefe geschrieben haben, überlege ich, nachdem Mutter hinter der Hausecke verschwunden ist. »Mein lieber Felix, stell Dir vor, ich habe Arbeit gefunden! Die Firma Hofer AG hat mich wieder als Stenodaktylographin angestellt! Was für ein Glück! Die eidgenössische Fremdenpolizei hat mir eine Arbeitserlaubnis erteilt, und meine Aufenthaltsbewilligung in der Schweiz wurde um ein paar Monate verlängert. Allzu lange kann dieser Krieg ja nicht mehr dauern.« »Liebste Klara, wie bin ich erleichtert, Euch in Sicherheit zu wissen. Vermutlich hast Du es längst aus den Zeitungen erfahren: In Bukarest ist nichts mehr, wie es früher war. Nach der Entmachtung des Marschalls und dem Frontenwechsel wurde die Stadt während sechzig Stunden ununterbrochen von den Deutschen bombardiert. Seit Ende August patrouillieren nun russische Soldaten durch die Straßen. Die Russen sind ganz versessen auf Armbanduhren. Sie nehmen sie den Leuten einfach weg, als wäre eine Zeit angebrochen, die ihnen gehört. Wir sind in die Stadt zurückgekehrt und haben alle Hände voll zu tun mit den neuen Regelungen und Formularen. Ich denke oft an unsere Zeit zurück, liebste Klara: Du und ich, was hatten wir für ein Paradies.« »Liebster Felix, ich kann Dir wieder Gutes berichten: Die Fremdenpolizei hat meinen Antrag, in der

Stadt ein Zimmer mieten zu dürfen, bewilligt! So muss ich nicht mehr zweimal täglich den langen Arbeitsweg zurücklegen. Seit vergangener Woche wohne ich bei Frau Grossen in Untermiete. Deine heißwillkommenen Briefe – wenn Du wüsstest, wie sehr ich mich jedes Mal freue, wenn ich in der Post einen Umschlag mit Deiner Handschrift finde – erreichen mich ab sofort an der obenstehenden Adresse. Möge Dein Antrag, nach Bern versetzt zu werden, bald, morgen schon!, bewilligt werden.«

Eine Antwort auf diesen Brief blieb aus. Ob er verloren gegangen war? Oder war er abgefangen worden? Sie schrieb einen weiteren Brief, und als auch dieser unbeantwortet blieb, noch einen. Sie war vorsichtig geworden, jedes Wort wägte sie ab. Ihrer Freude über das Kriegsende gab sie unverhohlen Ausdruck. Endlich antwortete Felix. Es war ein kurzer Brief, herzlich, aber unverbindlich, was die Zukunft anbelangte. »Um mich herum atmet der Sommer«, schrieb Klara zurück, und im Postskriptum fügte sie hinzu: »Von Eugen bis dato keine Nachricht.«

Sie netzte den glänzenden Streifen, der einen bitteren Geschmack auf der Zunge zurückließ, und wollte den Briefumschlag soeben zukleben, als Frau Grossen energisch an die Tür klopfte. Ein Telefonanruf, es sei wichtig, Frau Geck solle bitte sofort an den Apparat kommen. »Stell dir vor«, rief Klaras Mutter Josephine. »Eugen hat sich gemeldet. Seine armen Eltern sind tot, doch er hat den Krieg überlebt! Die Amerikaner haben ihn vergangene Woche aus der Kriegsgefangenschaft entlassen. Er wohnt in der Nähe von Konstanz in Untermiete. Wir können ihn am Sonntag an der Grenze treffen! Doina ist vor Aufregung schon ganz aus dem Häuschen.«

Ächtung

Josephines Wangen waren von einem Netz aus roten und blauen Äderchen durchwirkt. Kerben unterteilten die Stirn, aus der die alte Frau das Haar zurückgekämmt hatte. Ihr Gesicht war reglos, doch aus den Augen sprach eine Entrüstung, der nach einer langen Pause Worte folgten: »Du? Du willst dich scheiden lassen?« Klara senkte den Blick. Stäubchen wirbelten in den Lichtbalken, welche die Sonne durch das von quadratischen Holzrahmen gefasste Fensterglas in die Stube hereinschob. Es war still. Nur das Pendel der Wanduhr stach mit jedem Richtungswechsel einen Ton in die Zeit. »Kind! Bist du noch bei Trost?« Josephines Augen hatten sich verengt, Tränen drängten unter dem Lidrand hervor und fluteten die graue Iris. »Hast du vergessen, was die Ehe vor Gott bedeutet? Der Bund zwischen Mann und Frau hat Bestand, bis – dass – der – Tod – euch – scheidet!« Sie betonte wie unter Schmerzen jedes Wort, als gebäre sie sechs Wesen, von denen der »Tod« das größte war, und Klara blickte in das Gesicht ihrer Mutter, in das sich die Trauer um ihren früh verstorbenen Mann eingeschrieben hatte. Jetzt war es weich und schutzlos, doch schon im nächsten Moment konnte es zu einer Maske aus Bitterkeit und Gram verkrusten.

»Unsere Ehe ist zerrüttet«, antwortete Klara, zuvorderst auf der Stuhlkante sitzend. Sie hatte die Hände in den Schoß gelegt, wobei die eine die andere hielt, als suchte sie Halt. »Er hat mich geschlagen«, trug sie vor, »und er ist ...« Erneut unterbrach sie ihren Redefluss, denn das Gesicht ihrer Mutter hatte sich in Eis verwandelt. »Ich kann diesen Mann nicht mehr lieben, Mutter. Bitte, verstehen Sie das.«

Josephine Spahn presste die Lippen aufeinander, was ihr einen gequälten, aber auch einen unnachgiebigen Ausdruck verlieh. Klara fixierte die vier hellen Rhomben auf dem Teppich, die von den Schattenstrichen eines Tischbeins und zweier Stuhlbeine zufällig durchkreuzt wurden. Der Knüpfteppich war abgewetzt, seine ursprünglich weinrote Farbe verblasst. Sie suchte nach dem Fleck, der entstanden war, als ihr Vater einmal aus Versehen eine Kaffeekanne umgestoßen hatte, da sah sie etwas unter dem Tisch liegen. Sie bückte sich ... und hob 's Schillepinggeli auf. Zwischen den Augen der Puppe, die in zwei verschiedene Richtungen schielten, dort, wo die Nase hätte sein müssen, war ein Kreis eingezeichnet, und quer über das Gesicht verliefen fahrige Linien, die vom selben schwarzen Stift herrührten.

»Ich habe anderes gehört!«, durchbrach Josephine die Stille. Klara verlor die aufrechte Haltung, die sie wieder eingenommen hatte. Ihre Schultern sackten ein. Der Rücken krümmte sich. Josephine holte Luft: »In diesem Haus bist du nicht mehr erwünscht.« »Mutter!«, rief Klara. Die Puppe glitt ihr aus den Händen und fiel unter den Tisch zurück. Sie wollte einen Schritt auf ihre Mutter zugehen, doch diese wandte sich ab: »Wenn du dein Kind sehen willst, so hat das im Haus deiner Schwester zu geschehen. Eine Geschiedene empfange ich hier genauso wenig wie eine Ehebrecherin!« Die alte Frau entfernte sich durchs Wohnzimmer. Vor der Küchentür blieb sie stehen und wandte sich noch einmal Klara zu. »Wenigstens ist die Jüngere wohlgeraten. An Rickli könntest du dir ein Beispiel nehmen. Sie weiß, was Familienpflichten sind.«

Argumente

Das Wirtshaus zur Sonne war an diesem Dezembernachmittag kaum besucht. Nur am Stammtisch beim Tresen klopften vier Stumpen rauchende Pensionäre einen Jass. Klara hatte sich an einen Zweiertisch im Fenstereck gesetzt und blickte auf die weihnächtlich dekorierte Einkaufsstraße hinunter, durch die Passanten in dunklen Wintermänteln und mit Hüten strömten. In den Geschäften wurden die ersten Lampen angezündet. Es hatte zu schneien begonnen.

Wenn mich Kunz bloß nicht im Stich lässt, dachte sie, als sie den letzten Schluck Kaffee trank. Er war noch nie der Pünktlichste gewesen, versuchte sie sich zu beruhigen. Auch früher, wenn sie ihn zum Abendessen eingeladen hatten, kam er meistens verspätet. Für einen Polizisten habe der Dienst oberste Priorität, hatte er sich jeweils entschuldigt.

»Grüß Gott!« Klara fuhr herum. »Blasen Sie Trübsal oder philosophieren Sie über das Schicksal der Welt?« »Besteht da ein Unterschied?«, fragte sie und schüttelte Otto Kunz' fleischige Hand. »Wo brennt's?«, fragte er, nachdem er sich einen Kaffee Schnaps bestellt hatte. Er war nicht dünner geworden, im Gegenteil. Sein Bauch stieß gegen die Tischkante, und sein Kopf ähnelte einem Felsbrocken. Doch sein Blick war noch genau derselbe wie vor dem Krieg. Kunz sah sie auf eine offenherzige und gleichzeitig distanzierte Weise an.

»Jetzt will er das Kind!«, platzte Klara heraus. Sie hielt ihm den Brief hin, der ihr vom Badischen Amtsgericht Überlingen zugeschickt worden war. Kunz strich sich, während er das Dokument las, mehrmals über Schnurrbart und Kinn. »Ich rate Ihnen, die Wiederaufnahme ins Schweizer Bürgerrecht zu beantragen«, sagte er, nachdem er das Schreiben durchgelesen hatte. »Das gibt Ihnen einen Boden unter die Füße, und juristisch verkompliziert es den Streit um das Sorgerecht ungemein. Und suchen Sie sich eine Wohnung, damit Sie Ihre Tochter zu sich nehmen können.« »Das ist doch chancenlos!« Klara bemühte sich, ihre Beherrschung nicht zu verlieren. »Haben Sie es vergessen?« Tränen liefen ihr über die Wangen: »Ich bin verurteilt. Meine Mutter belegt mich mit Hausverbot. Frau Grossen kündigt mir den Untermietvertrag ... Und Sie glauben allen Ernstes, die Herren vom Eidgenössischen Justiz- und Polizeidepartement heißen ein solches Gesuch gut?« Kunz sah Klara mitfühlend an. »Es lohnt sich, es zumindest zu versuchen. Sie können nicht viel mehr verlieren, als andernfalls verloren ginge.« Er reichte ihr sein Taschentuch. »Dieser Anwalt«, rief Klara, nachdem sie sich geschnäuzt hatte, »dieser Doktor Schnelle ... Eugen bezahlt ihn, damit er die Dinge verdreht. Es stimmt einfach nicht, dass ich mein Kind aus mangelndem Interesse bei meiner Mutter untergebracht habe! Es stimmt nicht, dass ich Doina kaum je besuche. Ich musste ein neues Zimmer finden! Und nach dem Umzug fehlte das Geld für die Fahrt mit der Eisenbahn. Hätte es vorletzten Sonntag nicht derart gestürmt, ich wäre zu meiner Schwester aufs Land geradelt. Ich besuche Doina, so oft ich kann!« Sie hatte immer schneller gesprochen. Nun brach sie erneut in Tränen aus. »Versuchen Sie es!«, ermunterte sie Otto Kunz. »Ich besorge Ihnen die Formulare.« »Und was ist, wenn das Gesuch abgelehnt wird?«, fragte Klara, nachdem sie sich wieder ein wenig gefasst hatte. »Das Urteil ist nun allen bekannt. Das ganze Polizeidepartement glaubt zu wissen, was sich vor fünf Jahren in Bukarest abgespielt hat. Da ist es doch naheliegend, dass meine Aufenthaltsbewilligung nicht mehr verlängert wird. Mit anderen Worten: Ich muss die Schweiz wieder verlassen! Ich weiß, wovon ich rede. Ich habe das schon einmal erlebt!«

Das Dossier zu Klaras Wiedereinbürgerungsgesuch wuchs im Verlauf des Jahres 1949 auf über dreißig Seiten an. Es wurde festgehalten, dass sie über einen Monatslohn von fünfhundertfünfunddreißig Schweizerfranken verfügte, wovon achtundachtzig Franken für das Zimmer und fünfzig Franken für das bei ihrer Mutter untergebrachte Kind abgingen. Morgen- und Abendessen bereitete sie sich selber zu, während sie das Mittagessen wochentags mit zwei Franken fünfzig und sonntags mit drei Franken achtzig berappte. Eine Arbeitslosenversicherung hatte sie nicht, eine Pensionskasse hingegen schon. Ihr Vorgesetzter stellte ihr gute Noten aus: Man sei mit ihrer Arbeit als Sekretärin rundum zufrieden, ihre Anstellung bei der Firma Hofer AG dürfe als

Lebensstelle bezeichnet werden. Die neue Zimmervermieterin wurde zu Klaras Gewohnheiten befragt, und der Lehrer gab bereitwillig Auskunft über die schulischen Leistungen der Tochter und deren Gesundheitszustand. Die Bewerberin sei weder Mitglied bei einem Verein, notierten die Beamten, noch habe sie irgendwelche Zeitungen abonniert, sie lese hiesige Zeitschriften. Man forderte sie auf, einen rumänischen Strafregisterauszug für die Jahre 1936 bis 1944 beizubringen. Ein solches Begehren, antwortete die in dieser Sache kontaktierte Schweizer Botschaft in Bukarest, würde bei den rumänischen Behörden auf erhebliche Schwierigkeiten stoßen, umso mehr, als es sich bei der Bewerberin um eine deutsche Staatsangehörige handle, und schickte ein Leumundszeugnis: »Klara Geck wurde in den Kreisen der Schweizerkolonie, deren Fürsorgekomitee sie angehörte, sehr geschätzt. Nachteiliges ist über sie nicht bekannt.«

»Hiermit sende ich Ihnen das verlangte, detaillierte Gerichtsurteil über meine Ehescheidung«, schrieb Klara am 13. Juli 1949 dem zuständigen Beamten im Begleitbrief. »Ich bitte Sie um Entschuldigung, dass ich Ihnen nicht vorher berichtete. Ich hatte Unfall, arbeite aber seit heute Nachmittag wieder. Den ausführlichen Tatbestand habe ich absichtlich den Akten nicht beigelegt. Sie sagten, Herr Doktor, das Urteil sei für mich belastend. Das ist richtig, und ich fand, dass jemand, der mich nicht kennt, zum Beispiel Sie, Herr Doktor, aus dem detaillierten Urteil kaum etwas Entlastendes für mich herauslesen kann. Jedenfalls ist es schwierig, wenn nicht unmöglich, aus dem beschriebenen Tatbestand auf die damaligen, tatsächlichen Verhältnisse zu schließen.

Ich bitte Sie, falls Sie im Zweifel sind, ob Sie meine Rückbürgerung befürworten sollen oder nicht, sich an Herrn Otto Kunz, Erkennungsdienst der Stadtpolizei Zürich, zu wenden. Er hatte zur Zeit, da die Scheidung lief, verschiedene Male mit Herrn Geck gesprochen. Herr Kunz ist über die ganze Angelegenheit orientiert.

Hochachtungsvoll, K. Geck.«

Eine Aktennotiz bezeugt, dass Otto Kunz zwei Wochen später von der Direktion des Innern aufgeboten und befragt worden war. Ein Sekretär-Adjunkt fasste seine Aussagen folgendermaßen zusammen: »Der Befragte erklärt, dass er früher mit Eugen Geck befreundet gewesen sei und nach dessen Heirat oft im neu gegründeten Haushalt verkehrt habe. Geck habe sich aber gelegentlich von einer anderen Seite gezeigt. Schon damals sei er politisch nicht einwandfrei gewesen, indem er sich je nach Vorteil entweder als Schweizer oder als Deutscher ausgegeben habe. Er sei ein hochintelligenter Mann, der es ausgezeichnet verstehe, andere auszunützen. Dass er politisch nicht einwandfrei sei, gehe auch daraus hervor, dass die Arbeitgeberfirma Hofer AG, die Geck während des Krieges in Bukarest beschäftigt habe, ihn nicht mehr in die Schweiz zurückverlange, sondern auf einem Auslandsposten im Elsass belasse.

Er habe mit Eugen Geck wiederholt über die Einleitung der Scheidung gesprochen. Dabei sei vereinbart worden, dass Klage wegen zerrütteter Ehe eingereicht werden solle. Klara Geck habe sich vor Gericht nicht vertreten lassen, weil sie angenommen habe, die Ehe werde aufgrund der getroffenen Abmachungen ohne Umstände geschieden. Geck habe sich aber nicht an die Vereinbarung gehalten und ehewidrige Beziehungen seiner Frau als Scheidungsgrund genannt. Dabei stehe fest, dass sich Geck in Rumänien mit verschiedenen Frauen abgegeben habe. Auch dem Personal der Schweizer Botschaft sei hierüber etliches bekannt.

Richtig sei, dass die Bewerberin während ihres mehrjährigen Aufenthalts in Bukarest eine ernsthafte Bekanntschaft mit einem höheren Beamten des dortigen Schweizerkonsulates eingegangen sei. Schon damals habe sie sich mit dem Gedanken getragen, sich scheiden zu lassen, eben weil ihr Charakter und politische Gesinnung des Ehemannes unerträglich waren. Das Verhältnis zu diesem Beamten sei jedoch unterdessen längst gelöst. Von einem allfälligen neuen Verhältnis ist dem Befragten nichts bekannt.

Obwohl aufgrund der Ausführungen im Scheidungsurteil der Eindruck entstehen könne, Frau Geck treffe alleinige Schuld an der Zerrüttung der Ehe, so müsse dies bestimmt verneint werden. Gegen die Bewerberin könnten sicher keine Tatsachen genannt werden, welche die Rückweisung ihrer Wiedereinbürgerung rechtfertigten.«

Refugien

Hinter dem Wohnblock an der ehemaligen Strada Dr. Ciru Iliescu trat meine Mutter hervor. Die kleine, rundliche Frau in schwarzen Hosen und grauem Anorak maß den Abstand zwischen Hausmauer und Nachbarhaus, als suchte sie noch immer nach dem Ort, wo einst der Sandkasten gewesen war. Langsam, die Hände hinter dem Rücken verschränkt, kam sie auf mich zu. »Ich habe Durst«, sagte sie, als sie mich erreicht hatte. »Mir liegen die Krautwickel und diese Mămă…, na wie hieß sie schon wieder? Diese rumänische Polenta, die wir gestern gegessen haben – mir liegt das alles schwer im Magen.«

Wir warfen einen letzten Blick auf das Haus: seine Eingangstür, die Glasfront und die braunen Jalousien, die im zweiten Stockwerk rechts die Fenster der Wohnung verdeckten. Die gelben Streifen, die sich über die Fassade zogen, erinnerten mich an Großmutters gelb gestrichenes Zimmer, wo mein Bett gestanden und der Blumenteppich gehangen hatte. Es war dasselbe Gelb. Ein helles Gelb mit einem Stich ins Bräunliche. Es prägt die Stadt, als abblätternde Farbe oder, wie hier, als frischer Anstrich. Klara hatte ihrer Wohnung in der Schweiz, in die sie nach ihrer Rückbürgerung mit der unterdessen zwölfjährigen Doina eingezogen war und in der sie bis an ihr Lebensende wohnen blieb, die Farbe Bukarests gegeben.

»Grauenvoll«, sagte Mutter, nachdem sie das Glas leer getrunken hatte, »wie sie diese Wohnung zu Tode renoviert haben!« Während ich Wasser nachschenkte, begann sie in ihrer Handtasche zu wühlen. »Wo habe ich ..., ich habe doch gemeint ...«, murmelte sie. Mit der rechten Hand hielt sie die Tasche fest und schob mit der linken den Inhalt hin und her. Je länger sie suchte, desto stärker wurde das Zittern. Ihr Oberkörper bebte, der Kopf verneinte. Die Tasche hüpfte auf dem Tisch. »Wo ist es bloß? Ich habe doch nicht etwa ...« Ich betrachtete Mutters Haare, die etwas zerzaust waren und nicht weiß wurden, sondern grün. »Da!«, rief Mutter. Ihr gelbliches, von roten Tupfern übersätes Gesicht strahlte. »Das habe ich gezeichnet, bevor ich ins Flugzeug eingestiegen bin.« Sie zog ein mehrfach gefaltetes Zettelchen aus der Tasche, faltete es auseinander und legte es auf den Tisch. »Schau her!«

Ihr Finger wies auf einen Pfeil hin, der über ein paar parallel gesetzte Striche hinweg durch das Entree hindurch ins Wohnzimmer führte. Von hier aus gingen drei Türen zur Küche, zum Bad und zum Balkonzimmer hin ab. Letzteres war in Mutters zittriger Handschrift mit »Schlafzimmer« angeschrieben. Und präzis an der Stelle, wo der Kühlschrank gestanden hatte, verließ ein zweiter Pfeil die Wohnung wieder. Ihm folgte Mutters ruckelnder Zeigefinger, als sie sagte: »Über diese Stiegen gelangte man zum Hintereingang.« Sie sah auf, und ihre vielfarbigen Augen fixierten mich: »So!«, sagte sie. »So sieht mein Zuhause aus. Nimm es! Ich schenke es dir.«

Dank

Mein Dank gilt allen, die mich während der Arbeit an diesem Buch begleitet und mir bei Recherchen und mit Übersetzungen weitergeholfen haben, insbesondere Christian Haller, Daniel Ursprung, Otilia Cadar, Mathilde Wohlgemuth sowie der Lektorin Liliane Studer. Herzlich danken möchte ich zudem meiner Mutter.

Quellennachweis

Die Zitate des Schriftstellers Mihail Sebastian stammen wortgetreu aus: Mihail Sebastian, *»Voller Entsetzen, aber nicht verzweifelt«. Tagebücher 1935–44*. Herausgegeben von Edward Kanterian. Aus dem Rumänischen von Edward Kanterian und Roland Erb, unter Mitarbeit von Larisa Schippel. © Claassen Verlag in der Ullstein Buchverlage GmbH, Berlin.

Die Rede des Schweizer Botschafters René de Weck zum 1. August 1940 stützt sich auf seine diesbezüglichen Tagebuchaufzeichnungen in: René de Weck, *Journal de Guerre (1939–1945). Un diplomate suisse à Bucarest*. Herausgegeben von Simon Roth. Société d'Histoire de la Suisse Romande, [o.O.] 2001.

Die Memoiren-Zitate sind, bearbeitet und ergänzt, aus privaten Aufzeichnungen übernommen.

Die Figuren in diesem Roman
sind Erfindungen der Autorin.